KB104806

카가미 타카야 지음
야마모토 야마토 일러스트
정대식 옮김

 흡혈귀 미카엘라 이야기 2

종말의 세라프
Seraph of the end

학산문화사

CHARACTERS

햐쿠야 미카엘라

흡혈귀의 가축으로 지하세계에서 사는 소년.
지하에서 탈출하기 위해 페리드와 접촉함.

햐쿠야 유이치로

미카엘라의 친구. 자신의 손으로 흡혈귀들을
타도하고 지하세계에서 탈출하기를 꿈꾸는
소년.

STORY

　미지의 바이러스와 흡혈귀로 인해 사회가 붕괴된 세계. 햐쿠야 미카엘
라와 햐쿠야 유이치로는 흡혈귀에게 사로잡혀 가축이나 다름없는 취급을
받고 있었다. 미카엘라는 탈출수단을 마련하기 위해 흡혈귀 귀족인 페리
드에게 접촉을 시도했다.

　한편, 크롤리를 불러들인 페리드는 그에게 옛날이야기를 하게 한다.

　그것은 13세기의 유럽. 템플 기사단에 있었던 크롤리는 전장에서 흡혈
귀를 목격하고 동료들이 전멸한 것을 계기로 신앙심을 잃어가고 있었다.
그런 가운데 마을에서 흡혈귀를 연상케 하는 연쇄 살인 사건이 발생한다.
사건 현장에서 만난, 페리드라는 남자는 크롤리에게 조사에 협조해 줄 것
을 요청한다. 망설이던 크롤리는 전우인 지르베르가 살해된 것을 계기로
사건을 해결하기로 결의한다…．

Seraph of the end

페리드 바토리

흡혈귀. 13세기에는 귀족을 칭하며 크롤리 앞에 나타나, 그를 살인 사건 조사에 끌어들임.

크롤리 유스포드

흡혈귀. 13세기에는 인간, 심지어 템플 기사단의 일원이었음. 전장에서 흡혈귀를 목격.

지르베르 샤르트르

템플 기사단에 소속된 크롤리의 전우. 차기 마스터 후보였으나 크롤리가 복귀해 마스터에 취임하기를 바라고 있었음. 누군가에게 살해됨.

조제

크롤리의 종기사.
크롤리를 진심으로 따르고 있음.

KEY WORD

『템플 기사단』

중세 유럽에서 수도사로서 신앙을 맹세하는 한편, 이교도와의 전투 등도 행했던 기사들의 조직. 각 지역의 책임자, 지도자는 마스터(관구장)라는 직책을 맡았다.

『십자군』

이교도에게서 성지를 방어, 탈환하기 위해 치러졌던 전쟁 및 그 참가자. 크롤리가 참가했던 십자군 원정에서는 고전 끝에 대장 알프레드, 친구 빅터, 선배 구스타보, 종기사 로소, 그밖에도 수많은 기사들이 목숨을 잃었다.

흡혈귀 미카엘라 이야기 2

Contents

피.

피를 내놔라, 가축들.

이곳은 일찍이 신의 저주를 받아 죽지도 못하게 된 '흡혈귀'가 지
배하는 지하세계.

갈증을 달래려면 오늘도 피가 필요해.

"자아, 순순히, 얌전히, 네놈들의 피를 내놔——."

Seraph of the end

Story of
Vampire Michaela

제1장 미래 지도

뒷골목에서 비명소리가 들려왔다.

"꺄아아아아아아아악! 그만! 내 몸에 손대지 마!"

여자의 목소리였다.

옆에서 걷던 유우가 비명소리가 들려온 쪽을 쳐다보았다.

"뭐지?"

그리고는 소리가 들려온 쪽으로 가려 했다.

미카엘라는 그의 팔을 붙잡았다.

"잠깐, 유우."

"왜 그래, 미카."

"어딜 가려고?"

"비명소리가 들렸잖아."

"그래서?"

유우가 이쪽을 쳐다보았다. '얘가 무슨 소릴 하는 거야?'라
는 표정으로.

그래서 미카는 대답했다.

"…유감이지만 우리한테 다른 사람을 구해줄 만큼의 여유
는…."

또다시 커다란 비명소리가 들려왔다.

"젠장."

유우가 달려 나갔다.

"아아, 진짜, 유우!"

깜깜한 뒷골목.

열두세 살 정도 되어 보이는 소녀를 두 명의 소년이 억지로 덮치려 하고 있었다.

소녀는 바지와 속옷까지 벗겨져 새하얀 속살이 드러난 상태였다.

눈에는 공포와 눈물이 그득했다.

그 소녀를 덮치고 있던 것은 징그러운 미소를 지은 열대여섯 살 정도의 소년들이었다.

흡혈귀가 지배하는 땅에서 인간이 인간을 덮치고 있다.

소년 중 한 명이 소녀의 머리를 때리며 말했다.

"이 등신, 더럽게 시끄럽네. 소리치지 마라. 얌전히 있으면 금방 끝날 테니까."

다른 한 명이 말을 받았다.

"소리쳐 봐야 도와줄 사람도 없어. 우린 열여섯 살이야. 바이러스로부터 살아남은 인간들 중 가장 나이가 많은. 너희 꼬맹이 동료들은 쫄아서 얼씬도 안 할걸."

그래도 소녀는 계속해서 비명을 질러댔다.

도와줘— 하고.

이런 건 싫어— 하고.

그리고 누군가의 이름을 불렀다. 아마도 동료의 이름일 것이다. 하지만 아무도 오지 않았다. 전혀 올 기미가 보이지 않았다. 소년들의 말이 맞았다. 이 세계에서 열여섯 살짜리 소년들의 뜻을 거스를 바보는 없었다.

좌우간 4년 전.

열세 살 이상의 어른들은 다들 바이러스로 죽고 말았기 때문이다.

그리고 그때 살아남은 열두 살이 지금은 열여섯 살이 되었다.

이제 이 세계에 열여섯 살보다 강한 인간은 없었다.

소년이 계속해서 비명을 지르던 소녀의 얼굴을 세게 때렸다.

"악."

그러자 비명소리가 그쳤다.

소녀의 입에서 피가 흘러나와 땅바닥에 떨어졌다.

"멍청아, 얼굴은 패지 마. 할 때 흥분이 안 되잖아."

"아, 미안미안."

소년들은 천박하게 웃었다.

소녀의 얼굴이 절망으로 물들었다. 더 이상 비명을 지르지 않았다. 포기한 것이다. 아무도 구하러 와 주지 않을 테니.

바이러스로 세계가 멸망한 것도 모자라 흡혈귀들의 가축이 되어 버린 아이들을 구원해 줄 자는 이제 그 어디에도 없으리라.

소년 중 한 명이 소녀의 다리를 붙잡았다.

미카가 그것을 보고,

"…유우. 가자. 우리가 할 수 있는 일은…."

그렇게 말한 참에,

"우오오오오오오오오오오오!"

그런 목소리가 들려왔다.

유우의 목소리였다.

"에…."

고개를 돌려보니 유우가 어디서 돌을 주워 와서는 소년들을 향해 달려 나가고 있었다.

"미치겠네."

미카는 허둥지둥 말리려 했으나 이미 늦었다. 유우는 소녀의 다리를 붙잡은 소년의 등을 돌로 있는 힘껏 내리쬤었다.

"…으악!"

돌로 내리쬤어도 열여섯 살은 쓰러지지 않았다. 하지만 효과는 있었다. 등을 부여잡고 땅바닥에 웅크려 앉은 것이다.

나머지 한 명이 반응했다.

"꼬마, 너 이 자식. 뭐 하는 짓…."

그렇게 말하는 소년의 배를 미카가 달려가 걷어찼다.

"컥…."

소년이 이쪽에 정신이 팔려 있는 틈에 유우가 소녀에게 말했다.

"넌 도망쳐."

"아, 아."

"빨리!"

소녀는 그제야 달려 나갔다.

하지만 달아나야 하는 것은 자신들도 마찬가지였다. 미카는 외쳤다.

"얼굴을 보이면 안 돼!"

"미…."

"이름도 말하면 안 돼! 도망치자!"

두 사람은 달아나려 했지만 한발 늦었다. 유우가 돌로 내리찍었던 소년에게 팔을 붙잡힌 것이다. 그는 그대로 유우를 끌어당겼다.

열여섯 살의 완력은 셌다.

열두 살인 유우의 몸으로는 상대도 안 됐다. 골목 벽에 내동댕이쳐졌다.

"커억."

유우가 괴로움으로 가득한 신음소리를 흘렸다. 그러면서도 유우는 이쪽을 쳐다보며,

"도망쳐."

라고 말했다.

하지만 어디로 도망치라는 말인가. 도망쳐 봐야 소용없을 것이다. 그것만은 확실했다.

이 세계는 매우 좁다.

푸른 하늘조차 보이지 않는, 몹시도 좁은 지하 세계.

그런 곳에서 얼굴을 보이고 말았다. 유우가 붙잡히면, 상대는 미카 그리고 같은 고아원 출신인 아카네와 다른 아이들이 지내는 곳까지 알아낼 수 있을 것이다.

그러면 어떻게 될까.

좀 전에 소년들이 덮치려 했던 소녀는 열두 살 정도였다.

아카네는 열한 살이다. 외모도 예쁘장하다. 본보기로 겁탈당할 가능성도 있으리라.

그러면, 어쩌면 좋을까.

어떻게 해야 할까.

미카는 걸음을 멈추고 생각하기 시작했다.

소년이 유우의 멱살을 잡고 뒷골목 벽에 찍어 누르며 말했다.

"야, 꼬마. 너 바보냐? 우리를 거스르고도 무사할 줄 알았냐?"

유우가 그렇게 말한 소년을 노려보며 대답했다.

"바보는 너겠지! 인간들끼리 싸워서 뭐 하냐고. 우리가 쓰러뜨려야 할 적은 흡혈귀잖아!"

그러자 두 소년은 '뭐라는 거야' 싶은 표정으로 서로 얼굴을 마주보며 웃었다.

"뭐어? 너야말로 뭐라는 거냐? 흡혈귀를 무슨 수로 쓰러뜨려?"

"안 쓰러뜨리면 계속 가축처럼 지내야 하잖아!"

"하하하, 멍청한 꼬마 같으니. 현실을 받아들이라고. 인간이 흡혈귀를 쓰러뜨릴 수 있을 리가 없잖아."

사실이었다.

흡혈귀는 인간이 어떻게 할 수 있는 상대가 아니었다.

돼지가 인간을 죽이지 못하듯.

소가 인간을 죽이지 못하듯.

가축은 흡혈귀를 죽이지 못한다.

"해 보지 않으면 모를 일이잖아!"

유우가 주먹을 휘둘렀다. 소년은 그것을 간단히 피하고는 유우의 얼굴을 후려쳤다.

"크악."

유우의 머리가 벽에 부딪혔다. 인정사정 봐주지 않았다. 소년은 죽어도 상관없다는 듯이 유우를 패고 있었다. 그리고 이곳에는 인간이 인간을 죽여도 처벌할 어른들이 없었다.

죽인들 이 녀석들은 아무런 처벌도 받지 않으리라.

"젠장."

미카는 달려 나갔다. 유우를 구해야 해.

그러자 소년 중 나머지 한 명이 빈정거리는 미소를 지은 채이쪽을 보며 말했다.

"얼씨구, 너도 해보려고?"

미카가 단숨에 소년과의 거리를 좁혔다. 주먹을 쥐고서 소년의 턱을 향해 휘둘렀다.

맞았다!

…라고 생각한 순간, 소년의 주먹이 미카의 뺨에 꽂혔다. 충격으로 미카의 머리가 핑글 돌았다. 머리가 흔들리는 바람에 균형을 잃었다. 그 자리에 풀썩 주저앉은 몸에 발차기가 박혔다.

"억…"

머지않아 미카도 벽에 내동댕이쳐졌다.

그대로 얼마간 눈이 빙글빙글 돌아서 상황을 제대로 파악할 수가 없었다.

그저 웃음소리만이 들려왔다.

소년들의 웃음소리.

구역질이 났다.

그것은 머리가 어질어질한 탓일까, 아니면 인간끼리 추악하게 싸우고 있는 자신들의 모습이 너무도 어리석게 느껴졌기 때문일까.

"…카……."

"……."

"…카… 미카! 괜찮아?!"

유우의 목소리가 들려왔다.

그 목소리가 들려온 방향으로 시선을 돌렸다.

걱정스러운 눈으로 이쪽을 쳐다보는 유우가 있었다. 아무래도 자신은 유우의 옆에 주저앉아 있었던 모양이었다.

미카는 유우를 노려보며,

"괜찮을 리가 없잖아, 나 참."

그렇게 말한 참에 또다시 얼굴에 발차기가 박혔다.

유우도 얻어맞았다.

모든 것이 다 엉망진창이었다. 성욕 해소를 방해받은 소년들의 분노는 컸다.

가축의 성욕―그렇게 생각하자 다시 구역질이 났다.

소년이 미카의 멱살을 움켜쥐고 들어올렸다.

"이것들이. 아직 혼이 덜 났냐, 어엉?"

미카는 그 말에 어떻게 대답을 할까 고민했다. 사과하면 용서해 줄까?

아마도 아닐 것이다.

조만간 이 도시에서 또 소년들과 마주치게 될 것이다.

그때 아카네가 곁에 있으면 내놓으라고 할 것이다. 식량이 부족하면 그 식량을 내놓으라고 할 것이다. 기분이 나쁘면 좀 맞고 가라고 할 것이다.

가장 나이가 많은 열여섯 살 그룹 중에는 품행이 바른 그룹과 불량한 그룹이 있었다. 하지만 서로간의 충돌은 그다지 일어나지 않았다.

모두 자기들끼리 살아가느라 필사적이기도 했거니와 충돌해 봐야 좋을 것이 없기 때문이다.

하지만 그것은 돌려 말하자면, 불량한 그룹에게 찍혀도 도와줄 사람이 아무도 없다는 뜻이었다.

자신들끼리 어떻게든 할 필요가 있었다.

가축보다 못한 노예가 되는 일을 어떻게든 방지할 필요가 있었다.

유우는 옆에서 계속 발길질을 당하고 있었다.

미카의 멱살을 쥔 소년이 말했다.

"…방해했으니 너희가 책임져야지. 아아 그래, 네 동료들 중에도 여자가 있었지?"

어쩌면 좋을까.

"죽고 싶지 않으면 그 녀석을 이리로 데리고 와."

대체, 어떻게 해야 할까.

그런 생각 끝에―.

"야, 내 말 안 들…."

미카는 입을 열었다.

"…너 참 시끄럽구나."

"뭐?! 너 방금 뭐랬어?"

미카는 소년을 쳐다보며 계속해서 말했다.

"시끄럽다고 했어. 애초에 너희야말로 나한테 이런 짓을 해 놓고 무사할 것 같아?"

"어엉? 대체 무슨 소릴…."

하지만 미카는 그 말을 가로막고 말을 이었다.

유우에게는 들리지 않을 정도로, 낮고 작은 목소리로―.

"나는 흡혈귀 귀족, 페리드 바토리 님의 눈에 들었다고. 귀족 저택에 출입해도 좋다는 허가를 받았지. 너희들 정말 이래도 된다고 생각해? 흡혈귀를 거역할 셈이야?"

구역질나는 소리를 했다.

주인의 이름을 입에 올린 것이다.

"적은 흡혈귀잖아."라고 외치던 유우와는 정반대되는 말이었다.

뼛속부터 가축인 자의 말이었다.

하지만 그 효과는 엄청났다. 미카의 멱살을 잡고 있던 소년의 얼굴이 새파랗게 질렸다.

"…너, 귀족한테 몸을…."

"닥쳐. 닥치고 꺼져."

그러자 소년이 겁에 질린 표정으로 말했다.

"하, 하하, 뭐야, 너. 흡혈귀를 쓰러뜨리긴 얼어죽을. 네가 제일 심하게 배신…."

"그게 뭐 어때서?"

미카는 소년을 노려보며 말했다.

"너희야말로 현실을 받아들이라고. 구원은 찾아오지 않아. 정의의 사도도 없어. 하지만 가족은 지켜야만 해. 난 그러기 위해서라면 뭐든 할 거야. 착각하지 마. 이곳에서 제일 높은 녀석들은 열여섯 살이 아니야. 흡혈귀지. 그리고 나한테는, 뒤를 봐 줄 자가 있어."

그대로 천천히 소년의 팔을 붙잡고서 말했다.

"앞으로 내 가족한테 손대기만 해 봐. 너희 모두 죽여 버릴 테니까."

"……."

그 말을 들은 소년이 미카의 멱살을 놓아 주었다. 그러고는 한 걸음 물러나 다른 소년에게 말했다.

"아아 진짜, 흥 다 깨졌네. 가자."

두 사람은 그 말을 끝으로 물러났다.

미카는 두 사람이 떠난 것을 확인하고서야 땅바닥에 주저앉았다.

유우도 땅바닥에 엎어진 채 쓰러져 있었다. 엄청 얻어맞은지라 죽은 게 아닐까 걱정이 되기 시작했지만,

"…온몸이, 다 아파."

신음소리를 흘리듯 그렇게 말하는 것을 보니 아무래도 살아 있는 모양이었다. 그 말을 들은 미카는 미소를 지은 채 유우의 등을 바라보며 말했다.

"정말, 성질 좀 죽여, 유우."

그러자 유우는 엎어진 채로 대답했다.

"미안."

"사과한다고 될 문제가 아니잖아."

"화가 나는 걸 어쩌라고."

"화를 낼 거면 이길 수 있는 상대한테나 내라고."

"뭐어, 맞는 말이긴 한데."

유우가 몸을 일으켰다.

"아야야야."

그런 소릴 하며 땅바닥에 주저앉아 아주 푹 퍼져 있었다. 지친 얼굴로 이쪽을 쳐다보았다. 얼굴도 멍투성이였다.

"유우."

"응?"

"얼굴이 판다 같아졌어."

"하하, 너도 마찬가지거든?"

미카는 얻어맞은 자신의 뺨을 만져 보았다. 눌러 보니 아팠다. 퍼렇게 부었을지도 모른다. 만약 페리드 바토리가 피 맛이 아니라 얼굴로 자신을 선택한 것이라면 이건 좋지 않을지도 모른다.

하지만 미카는 유우를 쳐다보며 웃었다.

"뭐 하지만 확실히 화가 나긴 하더라."

"그치?"

"게다가, 그래…. 유우의 행동은 옳았어. 겁탈 당할 뻔한 애, 아카네랑 나이가 비슷해 보였어. 그럼 아카네도 당할 가능성이 있다는 뜻이잖아. 그걸 방지하기 위해서는 우리도 저항할 수 있다는 걸 보여줘야지."

그러자 유우가 이쪽을 보며 말했다.

"그 녀석들한테 찍혔을까?"

일단은 유우에게도 뇌라는 것이 있는 모양이었다. 미카는 유우를 보며,

"아니. 아마, 괜찮을 거야."

"어째서?"

"흡혈귀가 뒤를 봐주고 있다고 했으니까."

"뭐?"

"우리한테 손을 대면 흡혈귀 손에 죽을 거라고 말해뒀어."

그러자 유우가 숨넘어갈 듯 웃어댔다.

"뭐야, 그게. 넌 무슨 거짓말을 그렇게 심하게 했냐?"

"……."

"흡혈귀 따위랑 친하게 지낼 수 있을 리가 없잖아."

"……."

유우는 그렇게 말하며 웃었다.

미카는 그 미소가 좋았다. 아니, 아카네도. 햐쿠야 고아원 출신 아이들 모두가 유우의 미소를 좋아할 것이다.

느닷없이 세계가 멸망하고, 어른들이 모두 죽어 버리고, 흡

혈귀에게 가축 취급이나 당하는. 미래가 조금도 보이지 않는 이 세계에서, 흡혈귀를 날려 버리고 여기에 인간의 세계를 만들면 되잖아!

…라는 바보 같은, 장대한, 어처구니가 없는 꿈을 입에 담는 유우의 미소는 모든 아이들을 지탱해 주는 마음의 지주였다.

그것을 지킬 수만 있다면 피나 살이나 몸을 파는 것쯤 아무것도 아니다.

"그럼 그만 집으로 돌아갈까. 너무 늦게 들어가면 애들이 걱정할 거야."

미카는 일어서며 말했다.

그러자 유우가,

"이 얼굴을 보면 아카네가 잔소리를 해대겠지이."

하고 얼굴을 찌푸렸다.

"유우 네 잘못이야."

"에~ 계속 그러기야?"

"처음에 돌로 머리를 후려쳤으면 이길 수 있었어."

"그랬으면 그 자식 죽었을 거 아냐."

"해치우지 않으면 당해. 그게 이 세계잖아."

그러자 유우가,

"하지만 우리는 인간이잖아."

아주 조금 복잡한 표정으로 그렇게 말했다.

미카는 그 얼굴을 보고 고개를 끄덕였다.

"응."

"적은 흡혈귀잖아."

"응."

"그래, 그러면, 인간들끼리 싸우는 건 무의미하잖아."

"맞아."

하지만 이곳에서는 인간이 인간을 죽인다. 둘 다 그런 일을 숱하게 보아 왔다.

주변의 소년소녀 집단이 사소한 일로 죽고 죽이고, 식량을 두고 싸우는 모습도 보았다.

유우가 피곤한 표정으로 이쪽을 보며 말했다.

"아니면 우린, 아까 겁탈 당할 뻔한 그 여자도 죽이고 식량을 빼앗아야 했을까…?"

그 말에 미카는 대답했다.

"그 말 진심이야?"

"아니."

"그러면 '유우 네가 옳았어.'라는 말이 나오길 기다리는 거야?"

"응."

그런 소리를 하기에 미카는 웃으며 말했다.

"그럼 유우 네가 옳았어."

"그치?"

"나 참."

두 사람은 웃었다.

웃어 봐야 이 세계의 어둠은 걷히지 않는다. 그것은 두 사람 모두 아는 사실이었다.

하지만 그래도 역시 유우가 있기에 미카는 웃을 수 있었다.

유우는 아무래도 혼자서는 못 걸을 듯했다. 다리를 다친 것일지도 모른다.

"어깨 빌려줄까?"

"필요 없어."

"척 봐도 필요할 것 같은데."

그렇게 말하며 어깨를 빌려주었다.

그대로 둘이서 천천히 걸었다.

그렇게 돌아가던 도중.

유우가 다시 한 번 입을 열었다.

"미카."

"응?"

"…미안."

"뭐가?"

"나 때문에 얻어맞았잖아."

하지만 그것은 딱히 유우의 탓이 아니었다. 잘못된 건 이 세
계다. 유우는 늘 옳은 일만을 했다.

미카는 유우를 보며 장난스러운 얼굴로 말했다.

"용서 안 해 줄래~"

"에~"

"거짓말이야. 아, 그럼 있지. 내가 뭔가 실수하면 유우도 웃
으면서 용서해 줘."

"뭐야, 그거. 늘 용서해 주고 있잖아."

"에~ 난 유우랑 달리 실수 같은 거 안 하는걸~"

"웃기시네."

유우는 그렇게 말하며 웃었다.

곧 집에 도착한다.

집이라 한들 흡혈귀에게 받은, 폐가나 다름없는 너절한 건물
이었다. 그곳에서 햐쿠야 고아원 출신 아이들과 함께 살고 있
었다.

아이들은 건물 밖에서 뛰놀고 있었다.

그 중 한 명이 이쪽을 발견했다.

유우와 미카의 이름을 불렀다.

그러자 모두가 이쪽을 쳐다보았다.

처음에는 미소를 지었다.

하지만 너덜너덜해진 두 사람의 모습을 보더니 울음을 터뜨릴 것만 같은 표정들을 지었다.

"……."

이 아이들을, 이 처참한 세계로부터 지켜내려면 대체 어떻게 해야 할까.

미카는 늘 그 생각뿐이었다.

정의의 사도는 와 주지 않을 이 세계에서.

신의 사랑 따위는 느껴지지도 않는 이 세계에서.

자신은 어떻게 해야 이 가족을 지킬 수 있을까. 그것만을 계속 생각하고 있었다.

페리드 바토리에게 빌붙은 것도 그 때문이었다. 뭔가 길이 없을까. 빛을 밝힐 방법은 없을까. 그런 생각으로 흡혈귀에게 알랑거렸다.

이것이 옳은 일인지 어떤지는 잘 모르겠다.

하지만 할 수 있는 일은 전부 다 해 봐야만 한다—.

아카네와 아이들이 모여들었다. 개중에는 불안한 나머지 울음을 터뜨린 아이도 있었다. 미카는 그 아이의 머리를 쓰다듬어 주며 유우를 쳐다보았다.

유우도 그 시선을 알아채고는 아이들을 달래며 난감하게 됐다는 듯 미소 지었다.

분명 유우도 같은 생각을 하고 있으리라.

이 빌어먹을 세계에서 어떻게 해야 이 가족들을 지킬 수 있을까.

한 번이라도 중대한 실수를 하면 순식간에 죽고 마는 열악한 세계에서, 어떻게 해야 가족들의 미소를 지킬 수 있을까.

미카는 계속 그 생각을 하다가ー.

◆ ◆ ◆

스슥. 스스슥. 페리드 바토리는 만년필을 놀렸다.

그의 전용 집무실에서.

200년 전 실력 좋은 장인에게 주문해 만든 책상 위에 펼친 양피지에, 그는 잉크를 새겨 넣어 나갔다. 오른쪽으로, 왼쪽으로 선을 긋고는 한 걸음 물러나 자신이 그린 것을 바라보았다.

"으~음, 뭔가 좀 아닌데에."

양피지를 찢고는 다른 한 장을 펼쳐 펜 끝에 잉크를 묻혔다.

이번에는 좀 더 천천히 그려 보자. 섬세한 터치로. 그렇게 하면 좀 더 이상적인, 좋은 분위기를 재현할 수 있을지 모르니.

"……."

얼마간 그리고 있자니 누군가가 방 문을 똑똑 두드렸다.

그러더니 목소리가 들려왔다.

"들어가도 돼?"

크롤리 유스포드의 목소리였다.

페리드는 대답했다.

"지금 바빠."

크롤리는 무시하고 들어왔다. 하여간 풍류라는 걸 모른다니까. 예술가의 창작 시간을 방해하는 녀석은 그 즉시 목을 쳐 마땅하다. 흡혈귀는 목을 베도 죽지 않지만.

크롤리가 말했다.

"뭐 해?"

페리드는 펜을 들며 대답했다.

"실은 지금까지 네게 비밀로 해 왔는데… 화가가 되는 게 내 꿈이었거든."

크롤리가 바닥에 떨어진 양피지들을 주워들며 말했다.

"화가?"

"응."

"이거, 그림이야?"

"어딜 어떻게 봐도 그림이잖아?"

"지도로 보이는데."

"예술을 모르는 녀석하고는 말이 안 통한단 말이지. 자아, 그럼 계속해서 그려 볼까."

페리드는 다시금 펜을 놀리기 시작했다. 천천히, 천천히, 섬세한 터치로. 이번에는 잘 그려질지도 모른다.

크롤리가 바로 옆까지 다가와 책상 위를 내려다보았다.

"지도 맞잖아."

"보지 말아 줄래? 누가 보면 못 그리는 타입이거든. 이래봬도 부끄러움이 많아서 말이지."

"그래그래. 근데 이거, 이 지하도시―상귀넴의 지도잖아. 왜 지도 같은 걸 그리고 있어?"

그 물음에 그는 지도를 그려나가며 대답했다.

"이걸 말야, 밖으로 탈출하고 싶어 하는 아이에게 보여줄 거야."

"호오."

"그래서 아싸~ 탈출할 수 있어~ 하고 눈을 반짝반짝 빛내는 아이들을, 출구에서 기다리다 예술적으로 잡아먹으려고."

"…우와아, 뭐야 그게. 여전히 악취미적이네."

"악취미라니. 나 원, 이래서 예술을 이해 못하는 녀석들은 안 된다니깐."

페리드는 양피지 위에 자리한 점과 선, 선과 점을 차례로 이어나갔다. 신중에 신중을 기울여야 하는 부분이다. 조금이라도 선이 흔들리면 전체적인 아름다움이 퇴색되고 말 테니.

크롤리가 말했다.

"애초에 이 도시의 지도 같은 건 얼마든지 있잖아. 굳이 네가 그릴 필요가 있어?"

"당연히 있지. 전부 직접 하는 게 더 재미있기도 하고."

페리드는 말했다.

하지만 크롤리는 그 말이 이해가 안 된다는 표정이었다. 물론 그의 그런 마음도 이해는 갔다.

흡혈귀는 너무도 긴 삶 속에서 재미있다는 감정 자체를 잊어버리기 마련이기에.

흡혈귀에게 있는 것은 피에 대한 충동뿐이다.

그것만 가지고 영원히 이어지는 삶을 심심하게, 불모하게, 절망을 끌어안은 채 살아갈 뿐이다.

크롤리가 말했다.

"그림 그리기가 심심풀이가 된다면, 나도 그려 볼까."

"연습 삼아 내 초상화라도 그려 볼래?"

"싫어."

"그러면 뭘 그리려고? 크롤리 군은 엉큼하니 여자애의 알몸 같은 걸 그리고 싶으려나?"

물론 그것도 농담이었다.

흡혈귀는 이성에 대한 욕구도 없다.

피다.

피에만 욕정을 품을 수 있다.

지도가 다 그려졌다.

양피지에 잉크가 떨어지지 않게끔 펜을 들었다.

한 걸음 물러났다.

팔짱을 끼고서,

"…흠."

지도를 내려다보았다.

이번에 그린 지도의 완성도는 제법 괜찮아 보였다. 이 정도면 이 계획에 사용해도 되겠다.

크롤리가 의아하다는 표정으로 이쪽을 쳐다보며 말했다.

"정말 즐겁게도 그리네. 도무지 흡혈귀 같지가 않아."

하지만 페리드는 그 말을 무시하고 지도만 쳐다봤다.

이 지도에 실수나 오점이 있어서는 안 된다. 좌우간 이 지도를 그려서 미카엘라에게 훔치게 하는 것은, 천 년도 더 전에 시작된 장대한 계획의 일부이기에.

그리고 계획은 세밀하고 장대하고, 주도면밀할수록 완성했을 때의 기쁨이 컸다.

"크롤리 군."

"응?"

"이 지도를 어떻게 생각해?"

"무슨 의도로 묻는 거야? 어떤 관점에서 답하면 되는데?"

"미적인 관점에서."

"미적인 관점이라."

크롤리도 지도를 가만히 쳐다보았다. 그는 팔짱을 끼고 손가락으로 턱을 살며시 쓸더니, 문득 무언가가 떠올랐다는 듯 장난스러운 미소를 지으며,

"난 역시 벗은 여자 그림이 더 좋은 것 같아."

그런 소리를 했다.

벗은 여자가 좋다고.

그 말을 들은 페리드는 씩 웃고는 책상 위에 있던 유리잔을 쓰러뜨렸다.

유리잔 안에는 열두 살 소년의 피가 들어있었다. 그것이 쏟아져 어렵게 그린 지도를 더럽혔다. 피가 양피지에 스며들어 순식간에 엉망이 되었다.

그 피를 본 크롤리가 꿀꺽, 하고 침을 삼키는 소리가 들렸다.

피를 보자마자 욕정을 느낀 것이다.

"핫, 역시 크롤리 군은 엉큼해."

"섭섭한 소리 마. 배가 고픈 것뿐이라고. 뭐, 그 이야기 때문에 여기 온 거긴 하지만."

"크롤리 군이 엉큼하다는 얘기?"

"아니. 어젯밤에 네 저택에서 피를 마시며 옛날이야기를 하기로 했잖아?"

"호오."

크롤리는 넌더리가 난다는 표정을 지었다.

"금시초문이라는 표정 짓지 마. 네가 꺼낸 이야기였잖아. 참고로 네가 부른다고 해서 나고야에서 부랴부랴 여기까지 온 거니 슬슬 용건을 말해 줬으면 하는데. 아니면 그만 돌아갈까?"

"안 돼."

"그럼 빨리 용건이 뭔지 말하라고."

"하하하."

페리드는 웃으며 펜을 내려놓았다.

아무래도 지도 작성은 내일 해야 할 듯했다.

하지만 되도록 빨리 완성시켜야만 한다. 슬슬 다음 계획으로 넘어갈 시기일 테니.

흡혈귀는 시간감각이란 것이 희박해서 자꾸 깜박할 것만 같았지만— 그렇다. 아마 머지않았을 것이다. '그 인간'과 약속한 시간이.

하지만 지금은,

"그럼 피를 마시며 네가 흡혈귀가 됐을 때의 이야기를 계속 들어 볼까."

그렇게 말했다.

크롤리 유스포드의 옛날이야기.

하지만 그 역시 이 지도로 이어지는 이야기였다.

미카엘라라는 이름의 이야기.

페리드를 흡혈귀로 만든 남자가 말했던, 천 년에 걸친 장대한 계획에 관한 이야기.

종말의 세라프
Seraph of the end

Seraph of the end

Story of
vampire Michaela

제2장 선인과 악인

13세기 유럽에서는, 인간의 죽음이 지금보다 훨씬 가까운 거리에 있었다. 누군가가 죽어도 현대만큼 슬퍼했던 것 같지 않았다.

하지만 그럼에도 그 날은.

모든 이가 울고 있었다.

모두에게 사랑받던, 앞으로 템플 기사단의 미래를 짊어질 터였던 중요한 남자가 죽었기 때문이다.

지르베르 샤르트르가 죽었다.

그것도 템플 기사단 관사에서 엽기적인 방법으로 살해당했다는 소식은 온 도시를 공포에, 그리고 슬픔 속에 빠뜨렸다.

"……."

덜컥, 덜컥. 크롤리는 자신의 방에서 앉아 있던 의자를 흔들며 시간이 흐르기를 기다렸다.

장례식에는 참가하지 않았다. 분명 성대하게 치러질 것이다. 모든 이가 지르베르를 사랑했다. 당연한 일이었다. 완벽한 남자였으니. 그 어떤 절망을 보아도 신을 믿는 것을 그만두지 않은 녀석이었다.

분명 신은 그와 같은 남자를 사랑할 것이다. 아니, 신은 그와 같은 남자를 사랑해야만 한다.

하지만 살해당했다.

신은, 지르베르마저도 보살펴 주지 않았다.

크롤리는 가슴에 매단 십자가를 살며시 쥐었다. 그러고는 작은 소리로,

"…지르베르를 사랑하지 않으신다면 대체 누구를 사랑하실 겁니까?"

그렇게 중얼거려 보았다.

그러던 참에 똑똑, 문을 두드리는 소리가 들려왔다.

오늘은 페리드 바토리라는 남성 귀족이 찾아올 예정이었다. 페리드는 지르베르를 살해한 범인과 연관된 단서를 잡은 모양이었다.

하지만 약속시간은 정오 전이었을 터였다.

"이제 곧 저녁이지만."

크롤리는 쓴웃음이 섞인 투로 말했다.

목적한 장소에 가려면 마차로 하루를 꼬박 달려야 하니, 일찌감치 출발하자고 해놓고는.

"늦었잖아, 페리드 군. 이렇게 늦었으니 오늘은 출발 못 하는 거 아냐?"

그러자 문이 열렸다.

밖에는 비가 내리고 있었다.

폭우였다. 이래서는 지르베르의 장례식을 치르기도 힘들 것이다. 경건한 신도의 장례식이 있는 날이건만 신은 태양빛조차 내려 주지 않았다.

"……."

문 밖에 있던 것은 페리드가 아니었다.

문 너머에 콧수염을 기른 덩치 큰 남자가 서 있었다. 그리고 크롤리는 그 남자의 얼굴을 알았다.

로이 루랜드.

함께 십자군에 참가하여 사지를 헤쳐 나온 템플 기사단 전우 중 한 사람이었다.

그 전장에서 그는 지르베르가 인솔했던 부대에 속해 있었던 덕에 다미에타로 달아날 수 있었다.

그 이후 지르베르파(派)로서 템플 기사단 내에서 기반을 굳혀나갔던 인물이었다. 뭐, 그것도 이번에 지르베르가 죽으면서 모두 물거품이 되었지만.

크롤리가 로이를 바라보자 로이가 이쪽을 잡아먹을 듯 쳐다보며 말했다.

"이봐, 크롤리 유스포드. 넌 왜 여기 있는 거냐."

"…흠뻑 젖었네, 로이."

"대답해! 왜 너는 지르베르의 장례식에 참석하지 않는 거지?!"

로이가 호통을 쳤다. 엄청난 서슬이었다. 심정은 이해할 수 있었다. 옛 동료의 장례식에는 얼굴 정도는 비쳐야 할 것이 아닌가.

크롤리는 대답했다.

"나는 참석할 자격이 없잖아. 템플 기사단과 거리를 둔지 꽤…"

하지만 로이가 말을 가로막았다.

"나와 다른 템플 기사들이 살아남은 건 네 덕분이다. 모든 동료들이 네가 돌아오기를 기다린다고!"

"……."

"아니, 죽은 지르베르가 제일 애타게 기다렸지. 차기 마스터 후보도 네가 되어야 한다는 소릴 입에 달고 다녔으니."

로이는 그런 소리를 했다.

아무래도 지르베르가 죽었으니 다음으로 추앙할 인간을 찾으러 온 모양이었다.

그 말을 들은 크롤리는 뚱한 눈을 한 채,

"뭐야. 정치 얘기나 하러 온 거야, 로이?"

그렇게 말했으나 로이는 잔뜩 화가 난 표정으로 방에 들어와 주먹을 치켜들었다.

"헛소리 마라, 크롤리!"

힘껏 휘둘렀다. 크롤리는 그 주먹을 받아냈다.

로이가 고함을 쳤다.

"정치 따위 아무래도 좋아! 동료가 죽었단 말이다! 그런데 넌 아무렇지도 않은 거냐!"

"……."

물론 아무렇지 않을 리 없었다.

그래서 장례식에도 참석하지 않는 것이다. 참석하면 다음 지르베르를 찾고 있을 템플 기사단의 눈에 띄어 크롤리의 이름이 거론될 것이 뻔하니. 지르베르를 살해한 범인을 쫓는 일은 뒷전으로 밀리고 정치 공방이 시작될 것이다.

그렇기에 그는 지르베르의 장례식에 참석할 수가 없었다.

"대답해라, 크롤리! 왜 장례식에 가지 않는 거냐!"

로이가 허리에 찬 검을 뽑았다.

그러자 로이의 등 뒤에서 누군가의 목소리가 들려왔다.

"기, 기다려 주십시오, 로이 님!"

크롤리를 따르는 종기사 소년 조제의 목소리였다. 조제도 로이와 함께 이곳을 찾았던 것이다.

조제는 로이의 팔을 붙잡으려 했으나 로이는 조제를 걷어찼다. 덩치 큰 로이의 강력한 발차기를 맞은 조제는 방 밖까지 날아가고 말았다.

로이는 그대로 이쪽으로 몸을 돌렸다.

검을 치켜든 채.

크롤리는 그 칼끝을 올려다보며,

"장난치고는 좀 지나치지 않아, 로이?"

그러자 로이가 대답했다.

"너야말로 장난치지 마라, 크롤리. 그만 정신을 차리라고. 그 비참했던 십자군 원정은 이미 끝났어. 너는 앞으로 나아가야 해!"

검을 내리쳤다.

그 검은 빨랐다. 그는 진심인 듯했다.

크롤리는 의자를 기울여 뒤로 펄쩍 뛰어 물러났다. 물러난 곳에 자리한 테이블에는 검이 기대어져 있었다. 그것을 붙잡아 뽑았다.

로이는 아마도 예전보다 강할 것이다. 그는 지금도 검술을 갈고닦고 있다. 그것이 느껴졌다. 정치 놀음이나 하는 인간이 아니었다.

하지만 그렇다 해도,

"…내가 더 강해."

크롤리는 검을 쳐올렸다. 검과 검이 부딪쳤다. 아마도 로이가 자신보다 근육도 많고 체중도 많이 나갈 테지만, 그럼에도 크롤리가 휘두른 검의 기세가 더 강했다.

키잉, 금속과 금속이 맞부딪치는 소리가 나더니 로이가 들고 있던 검이 부러졌다.

크롤리가 부러지도록 벤 것이다.

칼날이 빙글빙글 돌다 천장에 꽂혔다.

하지만 크롤리는 멈추지 않았다. 그대로 검을 로이의 목에 들이민 채 다리를 후려서 땅바닥에 쓰러뜨렸다.

"…큭."

로이가 신음소리를 흘렸다.

그는 그 얼굴을 내려다보며 차갑게 말했다.

"돌아가."

그러자 로이는 이쪽을 노려보며 말했다.

"…대체 넌 무엇으로부터 도망치고 있는 거냐, 크롤리 유스포드."

"…도망친 적 없어."

로이는 개의치 않고 말을 이었다.

"지르베르가 그러더라. 너는 신앙을 잃어가고 있다고. 하지만 그 전장에서 돌아온 인간들은 입 밖에 내지 않을 뿐 대개 그래. 그건 너무도 처참한 싸움이었으니까. 도무지 신께서 우리를 지켜봐 주고 계신다는 것을 믿을 수 없을 만큼 처참했지. 하지만 그럼에도, 나와 너는 살아남았다. 그런 상황에서. 이게 신의 인도하심이 아니면 뭐겠냐?"

그렇게 물었다.

신의 인도하심.

과연 그럴까.

신의 인도하심이 있었음에도 그런 경험을 할 수 있다는 말인가—. 크롤리는 전장에서 있었던 일들을 돌이켜보았다.

그저, 하염없이, 의미도 없이 적을 죽이고 아군이 살해당하던 광경을.

그리고 무엇보다도 마지막 순간에 나타났던 괴물의 얼굴을. 아니, 역시 그것은 환상이었을지도 모른다. 겨우 살아남았다고 생각하자마자 빅터 일행이 살해당하는 것을 본, 너무도 큰 절망에 무릎 꿇은 나약한 자신이 만든 환상.

하지만 그렇다 해도 자신은 더 이상 신의 사랑을 믿을 수 없게 되어 버렸다.

신의 인도하심 따윈 없다.

적어도 자신의 곁에는.

아니, 자신의 곁은커녕.

"…지르베르마저, 살해당했어. 너는 그것도 인도하심이라는
거냐?"

그러자 로이가 말했다.

"지르베르는 네가 돌아오기를 바랐다. 템플 기사단에는, 네
가 필요하다며. 이건 분명 계시일 거다. 네가 정신을 차리고,
다시 신의 뜻을 알아채게 하기 위한…."

하지만 그 말을 들은 크롤리는 얼굴을 찌푸린 채 다소 언성
을 높였다.

"웃기지 마, 로이. 그럼, 지르베르가 나를 위해 죽었다는 거
야?"

"들어 봐, 크롤리. 우리가 살아남은 것에는 이유가 있어. 모
두 다 신의…."

"그딴 신 필요 없어. 지르베르는, 나보다 훨씬 가치 있는 인
간이었어. 빅터도, 구스타보도… 알프레드 대장도…."

그러던 참에 로이가 크롤리의 팔을 붙잡았다.

"…돌아와라, 크롤리. 네가 있을 곳은 신의 곁이야."

크롤리는 로이를 바라본 채 한숨을 내쉬고는,

"…웃기지도 않아서 원."

검을 물렀다.

바닥에 떨어진 칼집을 주워서 검을 넣었다. 더는 빅터와 지르베르를 죽인 신을 섬기고 싶지 않았다.

로이가 몸을 일으키며 말했다.

"크롤리. 나도 같은 심정이다. 왜 무능한, 가치도 없는 내가 꼴사납게 살아남은 것인지, 그 전장에서 돌아온 이후 계속 그 생각을 하고 있지."

"……."

"대장은 멋진 사람이었어. 빅터도 좋은 녀석이었고. 구스타보는 살짝 얄미운 구석이 있긴 했지만 죽을 필요는 없었지. 지르베르는 우직하게, 언젠가는 네가 돌아와 줄 거라며 잘 버텨 줬고."

"……."

"하지만 결국, 다들 죽었다. 그리고 우리가 살아남았지. 그 의미를 좀 생각해 보라고. 신은 가까운 곳에서, 바로 옆에서 지켜보고 계셔."

그렇게 생각할 수가 없었다.

"너를 지켜보고 계신다고."

도저히 그렇게 생각할 수가 없었다.

"앞으로 나아갈 시기라고. 악마의 속삭임에 귀를 기울이지 말고 똑바로 나아가라, 크롤리."

악마라는 단어를 듣자 크롤리는 또다시 생각이 났다.

아무리 기도해도 신은 그 전장에 모습을 나타내지 않았건만, 괴물은 나타났다.

사람의 피를 빠는 괴물이.

그리고 살아남았던 지르베르 역시 피가 모두 뽑혀 나간 채 죽고 말았다. 뭔가 좋지 않은 일이 일어나고 있다. 매우 좋지 않은 일이.

크롤리는 무의식중에 목에 건 십자가를 움켜쥐었다.

알프레드 대장이 남긴 묵주를.

로이가 말했다.

"너는 아직 신앙심을 잃지 않았다. 아주 잠시 길을 잃은…."

"그만 돌아가 줘, 로이. 템플 기사단으로 돌아갈 생각은 없어."

"다들 기다리고 있어. 영웅이 귀환하기를."

"영웅 같은 거 없어. 신도 마찬가지고."

"……"

만약 방금 전 발언을 이단심문관이 들었다면 크롤리는 처형 당할 가능성도 있었다.

하지만 로이는 이쪽을 쳐다보며 다시 한 번 말할 뿐이었다.

"…어쨌든, 곧 지르베르를 매장할 거다. 교회 안에 있는 묘지에. 나는 거기에 참석할 거야. 분명 너도….."

"나는 안 가."

"그럼 하다못해 기도라도 해라. 죽은 지르베르를 위해서."

로이는 그렇게 말하고 나서 부러진 검을 칼집에 도로 넣고서 밖으로 나갔다.

"가자, 조제. 크롤리는 묘지에 올 거다."

"저, 저기… 크롤리 님."

조제가 당황한 얼굴로 크롤리와 로이의 안색을 살피듯 쳐다보았다. 조제는 이미 비에 흠뻑 젖어 있었다.

크롤리는 그것을 보고 한숨을 내쉬었다.

"지르베르를 매장한다며. 너도 가 봐."

"그럼 크롤리 님도 함께."

"빨리 가. 이건 명령이야."

"아으….."

조제는 어쩔까 고민하듯 이쪽을 쳐다보다가 부리나케 떠나갔다.

그런 조제의 뒷모습을 바라보았다.

낮인데도 밖은 여전히 깜깜했다. 장대 같은 비가 쉴 새 없이 쏟아지고 있었다.

크롤리는 바닥을 나뒹굴던 의자를 세워 다시 앉았다. 그리고는 문 밖으로 보이는 빗줄기를 가만히 쳐다보며 중얼거렸다.

"만약 거기 신이 있다면, 어디 대답해 봐. 너는 지르베르를 사랑했냐?"

신은 대답하지 않았다.

"사랑했기에 곁에 두려는 거냐?"

신은 대답하지 않았다.

"아니면 신경도 안 쓰는 거냐? 너를 사랑했던 기사가 죽었다. 하다못해 비 정도는 그쳐달라고."

하지만 신은 그 바람도 들어주지 않았다.

역시 신은 없다.

적어도 크롤리의 곁에는.

하지만 그 대신—.

"…너의 하느님을 시험하지 말지어다, 라는 말씀 몰라? 크롤리 군."

신이 아닌, 매우 경박하게 들리는, 마치 시라도 읊는 듯한 남자의 목소리가 돌아왔다.

그리고 해가 비치지 않는 어두운 빗속에서.

악마처럼 아름다운 남자가 문 너머에 살며시 모습을 드러냈다.

은발의 긴 머리에 가녀린 몸. 요염한 미소를 지은 귀족.

페리드 바토리였다.

그는 방에 들어오자마자,

"자자, 뭘 꾸물대는 거야~ 출발할 시간이라고."

그런 소리를 했으나 이미 약속시간은 지난 지 오래였다.

크롤리는 어이가 없다는 표정으로 대답했다.

"지각한 건 너지만 말이야."

"그게 말야. 비가 너무 많이 오더라고."

"너무 뻔한 이유네."

"게다가 방금 전에 막 일어났거든."

"비랑 상관없잖아."

"아, 그리고 보니 그러네."

그렇게 말하며 페리드는 실실 웃었다.

정말로 경박하고 종잡을 수가 없는 남자였다. 신은 이런 남자를 살려두고 지르베르는 죽였다.

이래서는 템플 기사단의 엄격한 규율을 지키며 신을 섬긴 의미가 없지 않은가.

크롤리는 한숨을 내쉬고는 쓴웃음을 지었다.

"나 참, 너랑 같이 있으면 온갖 것들이 시시해 보인다니까."

"무슨 뜻이야?"

"선인은 죽고, 악인은 떵떵거리고 살잖아."

"물론 내가 선인이라는 뜻이지?"

"핫."

크롤리는 무심코 코웃음을 치고 말았다.

페리드도 그것을 보고는 웃으며 말했다.

"죽은 지르베르 말이야?"

"그래."

"하느님은 착한 녀석을 좋아하는 걸 거야. 난 아무리 죽고 싶다고 소리쳐도 하느님이 거절하시거든. 여긴 너처럼 불성실한 녀석이 올 곳이 아니라면서."

"하하, 그럼 너는 불사신이겠네."

"그럴지도 모르지. 부럽지?"

페리드는 시답잖은 농담을 하며 웃었다.

그 요염하고도 순진한 미소를 본 크롤리는, 조금은 그가 부럽다는 생각이 들었다. 그에게는 도덕심이나 신앙심은 없었지만 그렇기에 아무런 고민도 없는 듯 보였다.

그저, 마냥 내키는 대로 살고 있었다.

술을 마시고 여자를 안고, 도덕에 반하는 일을 하는 데 일체의 망설임도 없다.

정말로 신의 인도하심을 방해하는 악마 같은 남자였다.

페리드가 이쪽을 보며 말했다.

"아, 부럽다는 표정이었어. 그러면 너도 나처럼 되고 싶은 거야?"

"설마."

"괜찮아, 부끄러워 할 것 없어. 내 동료가 되고 싶지? 참고로 내 동료가 되면 하느님께 미움을 사게 될 거야. 하지만 매일 여자든 고기든 마음껏 먹을 수 있어."

악마의 속삭임이다.

그와 함께하면 분명 하느님께 미움을 사리라.

크롤리는 웃으며 대답했다.

"지금은 술이랑 여자에는 관심이 없어. 나는 이 사건의 범인을 쫓고 싶을 뿐이야."

그렇기에 오늘 지르베르의 장례식에 참석하지 않은 것이다.

그리고 지금부터 이 도시에서 떨어진 곳에 자리한, 조금사 (彫金師)들이 사는 마을로 갈 예정이었다.

살해당한 매춘부의 목에 남아 있던 은으로 된 바늘이 어디서 만들어졌는지를 쫓기 위해.

하지만 페리드는 이미 그것을 만든 자가 누구인지 알고 있었다. 그가 아는 조금사에게 은으로 된 바늘을 보여주며 묻자, 이 정도로 가느다란 바늘에 원통처럼 구멍을 뚫을 수 있는 장인은 이 일대에 다섯 명밖에 없다고 말했다고 한다.

그 중 한 명에게 묻자 이 세공 솜씨는 에벨라라는 이름의 장인의 것이리라고 했다.

그래서 오늘, 그 장인이 있는 곳에 찾아가 보기로 했는데,

"지금 출발하면 한밤중에나 도착할 거야."

크롤리가 말하자 페리드가 대답했다.

"천천히 가자고. 마차에 와인이랑 식사도 준비해 뒀어. 너야말로 준비 다 된 거야? 당분간 못 돌아올지도 모르는데?"

그 말에 크롤리는 활짝 열린 문 밖을 쳐다보았다.

그곳에는 간소하게 만들어진 검술 훈련장이 있었다. 귀족 자제들이 매일 같이 크롤리에게 가르침을 청하러 이곳에 오기는 했으나, 오늘 아침에 잠시 여행을 떠나야 하니 훈련은 쉬겠다고 학생들에게 전해둔 참이었다.

지르베르의 죽음 탓인지 다들 순순히 그 말을 받아들였다.

매일 이곳에서 훈련을 하며 기다리겠다는 학생도 있었지만 어쨌든,

"준비는 이미 다 됐어. 지르베르를 죽인 범인을 잡을 때까지는 당분간 돌아오지 않아도 돼."

크롤리는 현관 옆에 꾸려둔 며칠 분량의 짐과 검을 챙기며 말했다.

"가자. 흡혈귀를 퇴치하러."

그리고 두 사람은 출발했다.

종말의 세라프
Seraph of the end

Seraph of the end

Story of
vampire Michaela

제3장 너의 정의에 관하여

크롤리는 흔들리는 마차를 탄 채 작은 차창을 통해 바깥 경치를 보고 있었다.

조금사들의 공방이 있는 마을까지는 도시에서 이틀. 마차를 타고 가는 내내 폭우는 계속되었다.

도중에 포장되지 않은 곳에서 바퀴가 진창에 빠져 시간이 더 걸리기도 했지만.

"곧 도착이네."

크롤리는 중얼거렸다.

길만 봐도 마을이 근처에 있다는 것을 알 수 있었다. 척 보아도 길이 정돈되어 있었다. 그럭저럭 사람들이 드나든다는 뜻이었다.

비는 날이 밝을 즈음에는 그쳤다.

두꺼운 구름이 사라지자 강한 햇볕이 세계를 비추기 시작했다.

작은 차창 밖을 내다보던 시선을 다시 마차 안으로 돌리며 크롤리는 말했다.

"페리드 군."

"……."

하지만 페리드는 눈을 감은 채 꼼짝도 하지 않았다. 어젯밤에는 마차 안에서 둘이 와인을 잔뜩 마셨었다. 페리드는 혼자서 자기 전용이라는 작은 나무통을 전부 비우고 말았다. 얼마간은 일어나지 못할지도 모른다.

"페리드 군. 곧 도착이야."

"……."

"자?"

그렇게 묻자 페리드는 눈을 감은 채 대답했다.

"…자긴. 난 잠을 안 자."

"말도 안 되는 소리. 엄청나게 졸린 목소리인데."

페리드가 다소 힘들게 실눈을 뜨고서 이쪽을 쳐다보았다.

"넌 숙취도 없어?"

"그 정도는 괜찮아."

그가 말하자 페리드는,

"괴물이 따로 없네."

살며시 웃으며 눈이 부신지 차창을 가리키며 말했다.

"거기 창문 좀 닫아 줄래? 난 햇볕이 싫거든."

"비가 그쳐서 엄청 상쾌한 아침인데?"

"으에~"

페리드는 넌더리가 난다는 듯 얼굴을 찌푸렸다.

크롤리가 다시 한 번 창밖을 보니 마을에 거의 도착한 상태였다.

곧 마을에 도착한다.

"어쨌든 일어나. 목적지야."

"아침에는 움직이기 힘들단 말이야아."

페리드는 팔에 찬 고리 같은 장식품을 쓰다듬으며 신음을 하듯 말했다.

그러던 중에 마부인 종자가 큰소리로 외쳤다.

"페리드 님!"

페리드가 대답했다.

"어엉~ 도착했어?"

"네, 네! 하지만, 하지만… 이건…?!"

마부의 목소리가 이상했다.

뭔가를 보고 겁에 질린 듯한 목소리였다.

크롤리는 자리에서 일어나 아직 움직이고 있는 마차의 문을 열었다.

"떨어지지 않게 조심해."

페리드의 경고를 무시하고 문 윗부분을 붙잡고 상체를 밖으로 쑥 내밀었다.

바깥 날씨는 정말로 좋았다. 산책하기 아주 그만인 날씨였다.

구름 한 점 없는 하늘에, 햇빛을 받아 마르기 시작한 길. 그 길이 작은 마을로 이어져 있었는데—.

그곳에만 네 구의 시체가 나뒹굴고 있었다. 작업복 차림의 남자들이었다. 조금사의 공방에서 일하는 자들이리라.

크롤리는 얼굴을 찌푸리며 말했다.

"젠장, 페리드 군."

그러자 마차 안에서 답변이 들려왔다.

"한발 늦었지?"

"어…."

크롤리는 엉겁결에 머리를 마차 안으로 집어넣었다. 페리드는 눈이 부시다는 듯 여전히 눈을 감고 있었지만 무시하고 고함을 쳤다.

"너, 알고 있었어?!"

"나라면 그렇게 할 테니까. 증거를 남겼다는 사실을 알아챘으니 은폐하는 게 당연하지."

품안에서 은으로 된 바늘을 꺼내 빙글 돌렸다. 하지만 상황이 이 지경인데도 그는 졸려 보이기만 했다.

"좀 일어나 봐. 단서가 사라졌다고."

"그게 뭐 어때서."

"큰일이잖아!"

"나 참, 아침부터 시끄러 죽겠네."

페리드는 그제야 눈을 떴다. 께느른하게 또다시 팔에 찬 고리를 매만지며 열려 있는 문 쪽을 쳐다보았다. 그러고는 다소 겁을 먹은 듯한 투로 입을 열었다.

"우와아, 햇볕 좀 봐. 이거 일 났네~ 햇볕을 막는 고리 상태가 이상한데. 나중에 고쳐야지…."

"그만 투덜대고 페리드 군도 바깥 좀…."

"그래그래, 볼게. 히누에. 마차 세워. 여기서부터는 걸어갈 테니까."

페리드는 마부에게 명령했다.

그러자 길 한복판에 쓰러진 시체를 피하는 모양새로 마차가 멈췄다.

크롤리는 마차 좌석 구석에 두었던 검을 집어 들고 바로 내렸다.

시체 쪽으로 달려갔다.

시체에 난 상처는 하나같이 등 뒤에서 칼을 맞아서 난 것처럼 보였다. 다시 말해, 도망치던 중에 칼을 맞은 것이다. 시체는 넷. 모두 다 등에 상처를 입었다.

상처의 단면이 말끔한 것으로 미루어 그럭저럭 검을 다룰 줄 아는 자의 소행으로 보였다.

거기까지 알아냈을 즈음에야 페리드도 마차에서 내렸다.

어슬렁어슬렁 다가왔다. 햇볕이 눈부셔 못 견디겠다는 듯 눈을 연신 깜박이고 있었다.

"있지, 크롤리 군. 조사는 저녁에 하지 않을래? 역시 아침은 일어나 돌아다닐 시간대가 못 되는 것 같아."

"하지만 우물쭈물하다가는 범인이 달아날 거야."

"이미 달아났어."

"어떻게 알아?"

그렇게 묻자 페리드는 피곤한 표정으로 이쪽을 내려다보며 말했다.

"마을이 너무 조용해. 이 공방에는 40명 남짓한 장인이 있었을 거야. 하지만 지금은 어때?"

확실히 너무 조용했다.

들려오는 것이라고는 바람소리.

나뭇잎 스치는 소리.

그리고 벌레 울음소리뿐이었다.

"…전부 다, 살해당한 거야…?"

크롤리가 묻자 페리드는 긍정하듯 어깨를 으쓱했다.

"아마도. 그럼 살해된 지 얼마나 되었을까? 이만큼 많이 죽였으니 목격자나 이 마을에 올 예정이었던 자가 있었다면, 분명 소란이 일어났을 거야. 하지만 그런 낌새는 없지? 요컨대 그렇게 오래 되지는 않았다는 뜻이야. 우리가 최초 발견자라고. 하지만 시체를 보면 알 수 있듯이 살해당한지 얼마 안 되지는 않았지. 등을 깊숙이 베였는데 핏자국도 땅바닥에 안 남아 있고. 이유는? 비에 씻겨 나갔기 때문이야. 비가 그치기 전에 살해당한 거야. 그리고 비가 그친 건 언제지, 히누에?"

페리드가 물었다.

그러자 마부가 대답했다.

"세 시간 정도 전입니다."

"그래? 그럼 핏자국이 없어진 것으로 미루어 범행이 있었던 건 여섯 시간 정도 전이려나."

그 말을 들은 크롤리는 물었다.

"어젯밤에?"

"상식적으로 생각해 볼 때 40명 남짓이 사는 마을을 낮에 습격하지는 않을 것 아냐. 이상. 다시 말해 서둘러 봐야 범인을 따라잡지는 못할 테니, 낮에는 자고 조사는 느긋하게 시작하지 않을래~?"

페리드는 그런 소리를 했다.

범행 현장을 흘끔 쳐다본 것만으로 그토록 많은 사실을 알아낸 것이다.

크롤리는 역시 이 남자를 데려오길 잘했다고 생각했다. 분명이 남자라면 자신을, 지르베르를 죽인 범인에게로 인도해 줄것이다.

하지만.

"페리드 군."

"응?"

"범행이 어젯밤에 이루어졌다는 건 네가 지각만 안 했어도범인을 만날 수 있었다는 뜻 아냐?"

"그럴지도 모르지~"

"제 때 좀 오지."

"하지만 내가 없었다면 이 마을에도 못 왔을 것 아냐."

뭐, 그건 그렇지만.

페리드가 말했다.

"게다가 모처럼 생긴 친구를 범인 손에 잃고 싶지 않았거든."

"잠깐. 그럼, 너는 이렇게 될 걸 알고 내가 범인과 맞닥뜨리지 않게 했다는 뜻이야?"

페리드는 그저 웃을 뿐이었다.

크롤리는 그것을 보고 말했다.

"그런 식으로 지켜달라고 부탁한 적 없어. 나는 범인을⋯."

"만나서 어쩌게? 이기지 못할 상대라도 좋으니 만나고 싶다 이거야? 살해당해도 좋다 이거야?"

"그건⋯."

"자살을 도울 생각은 없는데. 죽고 싶은 거라면 이렇게 번 거로운 짓 말고도 방법은 널리고 널렸어. 와인을 병째 들이켠 다던지."

"딱히 죽고 싶은 건 아냐."

페리드가 시체 쪽을 가리키며 말했다.

"⋯검에 대해서는 나보다 네가 더 잘 알지? 시체 네 구의 등 에 난 상처. 네가 보기에는 이게 전부 같은 인간의 검에 의한 것처럼 보여?"

크롤리는 그 말을 듣고서야 시체 네 구의 상처를 비교해 보 았다.

듣고 보니 그 상처는 각각 차이가 있는 듯 보였다.

범인은 여럿일 가능성이 있다. 심지어 무장한 잘 훈련된 검 사가 여럿 있을 가능성이.

하지만 그것은 조금만 생각을 해 보면 금방 알 수 있는 일이 었다. 사람이 40명이나 사는 마을을 습격해 몰살시킨 것이니.

혼자서 해낼 수 있는 범행이 아니었다. 다시 말해서,

"…그 전장에 있었던 괴물이 아니라는 뜻인가."

그 괴물이라면 혼자서도 같은 짓을 할 수 있을 것이다. 아니, 검으로 베지도 않았을 것이다.

페리드가 이쪽을 보며 미소 지었다.

"어라, 환상이라고 생각했던 거 아니었어?"

"맞아. 그런 괴물이 있으면 난감해진다고."

"있을지도 몰라."

실실거리며 말하는 페리드를 쳐다보며 크롤리는 말했다.

"페리드 군."

"응~?"

"너는 대체 어디까지 내다볼 수 있는 거야?"

페리드는 역시나 미소를 지을 뿐이었다.

"지각한 것도 일부러 그런 거지? 그렇게 해서 무장한 범행 그룹과 내가 마주치지 못하게 한 거야."

"그건 그냥 늦잠을 잔 것뿐이야."

"질문에 똑바로 대답해. 실은 이미 범인도 알고 있는 거 아냐?"

그 물음에 페리드는 역시나 미소를 지으며 말을 이었다.

"아니아니, 나를 너무 높이 평가하는 거 아냐? 아니면 혹시

나를 하느님이나 뭐 그런 걸로 보고 있는 거야? 나도 모르는
건 있어."

"정말로?"

"정말이고말고. 하지만 지르베르 군을 죽인 범인이 누구일지
는, 어느 정도 예상하고 있지만 말야."

"뭐? 대체 누군데?!"

크롤리는 고함을 쳤다.

하지만 그러자 페리드는 이쪽에게 등을 돌리더니 고요해진
마을 쪽으로 시선을 던졌다.

"하지만 추리와 예상만으로 범인을 붙잡을 수는 없는 일이잖
아. 증거를 손에 넣어야지. 그래서 여기에 온 거야. 자아, 저녁
까지 기다려 주지 않을 거면 슬슬 마을을 조사해도 될까? 나는
햇볕이 싫거든. 밤의 주민이라서 말이지."

"밤놀이를 좋아하는 것뿐이잖아."

"후후후."

페리드는 웃으며 걸음을 뗐다.

크롤리는 그 뒤를 따라가며 말했다.

"이봐, 일단 범인 이름이라도 가르쳐 줘."

페리드는 웃으며 말했다.

"나라면 어쩔래?"

"상황이 상황이라 농담 따먹기 할 여유는 없는데."

"하하하."

그리고 두 사람은 마을로 들어갔다.

조금사들의 마을은 처참하게 망가져 있었다.

모든 건물에 장인들과 그 아내, 장인들을 따르던 견습생 소년들의 시체가 거꾸로 매달려 있었다.

"…끔찍한걸, 이거."

크롤리는 건물 중 하나를 골라 다가갔다.

그 처마 끝에는 어린아이의 시체가 매달려 있었다. 역시나 등에는 칼에 맞은 상처, 그리고 목에는 바늘로 찌른 것으로 보이는 상처가 나 있었다. 그 소년의 시체를 내려서 땅바닥에 눕혀 주었다. 아무래도 소년의 시체에서 피를 뽑은 모양이었다.

며칠 전에 살해당했던 매춘부들과 마찬가지였다.

범인은 무엇에 쓰려는 것인지는 모르겠으나 피를 훔치고 있었다.

거기에서는 모종의 주술적인 냄새가 났다. 마녀며 악마숭배자들이 하는 의식 같은 분위기가 느껴졌다.

하지만 이렇게까지 요란하게 일을 벌이는 것은 자살행위가 아닌가 하는 생각이 들었다. 이래서는 교회에 선전포고를 하는 것이나 다름없지 않은가. 이런 방식으로 일을 저질렀다가는 금방 템플 기사단이나 이단심문관이 달려올 것이다.

"아니, 그게 목적이려나…."

좌우간 지르베르를— 템플 기사단의 차기 마스터 후보까지 죽였으니.

하지만 그 일에 대체 무슨 의미가 있다는 말인가? 모든 템플 기사단을 적으로 돌려서 득을 볼 녀석이 과연 있기나 할까?

"페리드 군. 슬슬 네가 추리한 걸 말해줘."

크롤리는 페리드 쪽으로 고개를 돌리며 말했다.

하지만 언제 사라진 것인지 페리드의 모습이 보이지 않았다.

"어라, 페리드 군?"

대답도 없다.

"페리드 군. 어디 갔지?"

마을 안을 둘러보았지만 있는 것은 시체뿐이었다. 조금사들은 정말로 모두 몰살당한 것 같았다.

"이곳에도 나중에 템플 기사들을 불러와야겠는걸…."

그렇게 중얼거리고는 마을 중앙에 있었던 광장까지 걸어가, 다시 한 번 큰소리로 말했다.

"페리드 군! 어디 있어!"

그러자 대답소리가 들려왔다.

"여기 있어~"

마을 북서쪽에 자리한 건물이었다. 크롤리는 그쪽을 쳐다보았다.

역시나 벽에 남녀의 시체가 매달려 있는 건물 안에서 페리드가 고개를 내밀더니 손짓을 했다.

"여기여기."

크롤리는 페리드가 있는 그 건물로 이어진 길을 보았다. 비 때문에 단서가 줄어든 상황에서 페리드가 왜 그 건물을 가장 먼저 골라 들어갔는지 알 수 있었다.

자세히 보니 그곳으로 향하는 발자국이 많았던 것이다. 정말로 자세히 봐야 알 수 있을 정도였지만. 다시 말해, 그곳이 중요한 건물이라는 뜻이었다.

크롤리는 길에 남은 그 희미한 흔적을 내려다보며,

"이걸 한눈에 알아보다니. 정말 무서운 남자라니까."

그렇게 말하고는 페리드가 있는 건물로 향했다.

그러던 도중, 발자국 중 대부분은 페리드가 있는 건물 쪽이 아니라 그 다다음 건물 쪽으로 이어져 있다는 사실을 알아챘다.

"어라?"

그는 고개를 갸웃하고서는 페리드가 있는 건물 안으로 들어가며 물었다.

"페리드 군. 발자국은 이 건물 옆으로 몰려가고 있는 것처럼 보이는데."

　하지만 건물에 들어가도 페리드는 보이지 않았다. 거실. 부엌. 작업실에서도 보이지 않던 것을 침실에서 겨우 찾아냈다.

　차양막을 최대한 내려 깜깜해진 침실.

　페리드는 그 침실에 놓인 침대에 누워 있었다. 가슴께에서 손깍지를 낀 채, 행복한 표정으로 눈을 감고 있었다.

"잠깐, 페리드 군."

"왜애."

"뭐 이렇게 빨리 지쳐."

"아직 일어날 시간이 아니라서 그래."

"이렇게 시체가 그득한 곳에서 잠이 와?"

"그럼 크롤리 군은 십자군 원정 중에 한숨도 안 잤어?"

　그런 소리를 해댔다. 물론 잤다. 시체들 틈 속에서. 하지만,

"그거랑 이건 상황이 다르잖아. 그보다 페리드 군."

"너도 발자국을 알아본 거야?"

"응. 하지만 발자국은 이것보다 더 안쪽에 있는 건물—."

　하지만 페리드는 눈을 감은 채 그의 말을 가로막고서 말했

76

다.

"밖에 있는 시체는 안 봤어? 이 건물에 살던 사람은 검에 베이지 않았어."

그건 확인할 생각도 못 했다.

"…베이지 않은 게, 뭐 어때서?"

크롤리가 묻자 페리드가 대답했다.

"이 건물의 주인은 도망치지 않았다는 뜻이야. 하지만 왜 도망치지 않았을까? 마을 사람들이 차례로 살해당하고 있는데, 순순히 살해당할 녀석이 과연 있을까?"

"…그래서 어떻게 된 건데? 빙빙 돌리지 말고 가르쳐 줬으면 하는데."

"자고 일어나서 계속해도 될까?"

"안 돼."

"에~"

페리드는 칭얼거리며 눈을 뜨더니 팔에 찬 고리 같은 것을 톡, 하고 두드렸다.

그러자,

"와와, 고리가 고쳐졌네."

"뭐?"

"아니, 혼잣말이야."

그렇게 말하며 벌떡 일어났다.

그러고는 침실 차양막을 활짝 열더니,

"오오, 신이시여. 빛을 더 내려주소서. 해님을 보내주셔서 감사합니다."

"갑자기 왜 그래?"

또 뭔가 좋지 않은 약이라도 한 것인지.

페리드는 싱글벙글 웃었다.

"잠깐 잤더니 정신이 들었어. 흠, 무슨 얘기 중이었지?"

"네가 이 건물에 있는 이유."

"아아, 맞아맞아, 그랬지~"

페리드는 또다시 침대에 드러누웠다.

"정신 들었다고 하지 않았어?"

크롤리가 묻자 페리드는 웃으며 그대로 몸을 굴리더니 침대 옆으로 뚝, 떨어졌다. 그리고 침대 밑을 들여다보며,

"네에~ 이 건물에 사는 부부가 도망치지 않고 살해당한 덕에 살아남은 자를 발견…."

그런 소리를 하던 중에,

"우, 우와아아아아아아아!"

침대 밑에서 여섯 살 정도의 소년이 나이프를 든 채 뛰쳐나왔다.

"오와와."

페리드가 놀란 듯 뒤로 물러났다. 그래도 나이프가 그의 가슴에 꽂힐 것 같아서,

"크롤리 군!"

그는 외쳤다.

크롤리는 곧장 움직였다. 발로 소년의 손을 세게 밟은 것이다.

"아윽."

나이프가 떨어졌다.

"제, 젠장! 젠장!"

날뛰는 아이의 몸을 억눌렀다.

"주, 죽이지 마세요!!"

소년의 얼굴이 절망으로 물들었다. 아무래도 계속 이곳에 숨어 있었던 모양이다.

페리드의 말에 의하면 범인이 이곳에서 주민들을 죽이고 돌아다닌 것은 여섯 시간도 더 된 일이었건만, 그때부터 계속 이곳에 있었던 것이다.

아마도 공포에 질려 움직일 수가 없었던 것이리라. 밖으로 나가면 살해당할 것이라 생각한 것인지, 부모가 절대로 나오면 안 된다고 타이른 것인지.

얼굴이 눈물로 엉망진창이 되어 있었다. 하반신도 젖어 있었다. 침대 아래서 오줌을 지린 것이리라.

크롤리는 그 모습을 보고서 말했다.

"페리드 군, 부탁이 좀 있는데."

"뭔데?"

"밖에 있는 시체 좀 치워 주겠어?"

이 아이의 부모의 시체를.

무참하게 벽에 거꾸로 매달려 피를 뽑힌 모습을 굳이 보여줄 필요는 없지 않은가.

그 부탁을 들은 페리드가 대답했다.

"옷이 지저분해져서 싫은데."

크롤리는 어이가 없다는 눈으로 이 기묘한 파트너 쪽으로 눈길을 돌렸다.

"그럼, 아이 좀 돌봐 줄래?"

"그 애 얼굴 봐서. 취향이면 돌봐 줄게♪"

그랬다. 이 녀석은 상대의 성별을 가리지 않는 변태였다. 지금 이 아이를 맡길 수는 없는 일이었다.

크롤리는 한숨을 내쉬고는 소년 쪽으로 고개를 돌렸다.

"겁내지 않아도 돼. 난 템플 기사단 사람이야."

"에, 그랬어?"

"시끄러워, 페리드 군. 좀 닥치고 있어."

"네에네~"

페리드의 입을 다물게 하고서 다시 한 번 소년의 눈을 쳐다보았다.

겁에 질린 눈을 하고 있었다.

그 눈을 본 채 말했다.

"너는, 살았어."

"......."

"그러니 안심해도 돼, 알겠지? 날뛸 필요 없어. 내 말 알아듣겠니?"

그러자 소년은 겨우 마음을 가라앉히더니 이쪽을 쳐다보고는,

"아, 아빠랑, 엄마는."

"부모님이 널 지켜줬어."

"...주, 죽은 거야?"

크롤리가 고개를 끄덕이자 순식간에 소년의 눈에 눈물이 그렁그렁해졌다. 그런 소년의 몸을 안아주었다. 소년은 강했다. 엑엑, 신음소리는 냈지만 그 이상은 울지 않았다. 그렇기에 살아남은 것이다. 몇 시간이나 소리를 내지 않고 침대 아래 있을 수 있었던 것이다.

하지만 곧바로 사정을 물을 수는 없을 것 같았다. 정상적인

정신 상태로 사정을 물으려면 피와 분노투성이가 된 몸을 씻기고 옷을 갈아입히고 나서, 식사를 하게 할 필요가 있으리라. 그리고 그것은 여기서는 할 수 없는 일이었다.

"페리드 군."

"응?"

"또 어디를 조사하면 될까?"

"내 조사는 끝났어."

크롤리는 페리드가 있는 쪽을 쳐다보았다.

"…혹시, 사실 여기 올 필요도 없었던 거 아냐?"

페리드는 미소를 짓더니,

"왜 그렇게 생각하는데?"

"네가 제대로 조사를 하지 않으니까."

"뭐어, 확실히 조사할 필요가 없긴 해. 이 은으로 된 바늘을 만든 조금사의 이름은 이미 알고 있으니까."

그렇게 말하며 품안에서 또 은으로 된 바늘을 끄집어냈다.

이것을 만들 수 있는 조금사의 이름이 에벨라라는 것까지는 알고 있었다. 이곳에는 그 에벨라의 고객 리스트를 찾으러 온 것이었는데….

크롤리는 페리드를 노려보며 말했다.

"잠깐, 페리드 군. 나한테 숨기는 거 있어?"

"없어. 평범하게 머리를 쓰면 알 수 있는 건 굳이 말하지 않았지만."

있다는 뜻이다. 애초에 페리드는 범인이 누구인지 대충 짐작하고 있는 눈치였다. 그는 좀 전에, 이곳에는 범인을 붙잡기 위한 증거를 찾기 위해 왔다고 했었다.

크롤리는 물었다.

"범인의 이름을 알고 있다면, 슬슬 가르쳐 주면 안 될까. 그리고 우리가 이곳에 온 이유도."

"뭐야, 이유도 모르고 여기 온 거야?"

"나는 에벨라의 고객 리스트를 찾으러 이곳에 왔다고 생각했는데."

하지만 그 말을 들은 페리드는 그를 깔보듯 하하, 하고 코웃음을 치며 어깨를 으쓱했다.

"굳이 이 먼 곳까지?"

"…수수께끼는 그만 됐어. 결론부터 가르쳐 주면 안 될까."

하지만 페리드는 즐거운 듯 말했다.

"그럼 재미가 없잖아. 성경에도 쓰여 있잖아. 일하지 않는 자, 먹지도 말라. 아, 하지만 넌 이미 기도도 성경 읽기도 그만 됐…."

"페리드 군."

다소 화가 난 투로 말하자 페리드는 어깨를 으쓱했다.

그러고는 묘하게 과장스러운 태도로 답했다.

"아아, 이 바늘은 너무도 만들기 힘들어 보이는군. 몹시도 비쌀 거야아. 이거 하나만 만들어도 조금사는 일 년은 먹고 살 수 있겠지."

끝끝내 크롤리가 스스로 해답에 도달하게 할 생각인 모양이었다. 정말로 꼬일 대로 꼬인 녀석이다.

크롤리는 페리드가 든, 은으로 된 바늘을 쳐다보았다.

매춘부들을 죽인 흡혈귀의 이빨을.

그것은 여간한 조금사는 만들 수 없는 물건이었다. 만드는데도 시간이 걸릴 것이다. 저토록 가느다란데도 강도가 높다. 사람의 목을 몇 번이나 찌르고도 부러지거나 흠집이 나지 않았다. 시작품을 만드는 데도 상당한 시간이 걸렸을 것이다.

확실히 페리드의 말대로 저것을 만들게 하려면 많은 돈이 들 것이다. 신분도 필요할 것이다. 실력 좋은 조금사의 시간은 좀처럼 비지 않는다. 장기간 묶어두려면 다른 신분 높은 자들의 의뢰를 거절하게 할 필요가 있었다.

그리고 그가 아는 높은 신분에 있는 자들은 이렇게 도시에서 멀리 떨어진, 꾀죄죄한 공방은 찾지 않는다.

그 말인즉,

"고객에게서 발주를 받던 인간은 도시에 있었다?"

그가 말하자 페리드는 히죽히죽 웃으며 고개를 끄덕였다.

"그래서?"

"다시 말해 고객 리스트는 도시에서 입수할 수 있었다는 거지."

"응."

"너는 이미 발주를 담당하고 있는 인간과 접촉했어. 그리고 이 은으로 된 바늘을 만들게 한 장본인을—."

페리드는 말을 가로막으며 빙긋 웃었다.

"나르도 바인. 귀족이야."

망할, 역시 범인을 알고 있었다.

페리드가 말을 이었다.

"그리고 이 이름을, 너는 알고 있어."

분명 알고 있었다.

명가 바인 가문의 차남. 템플 기사단의 상급 기사였다. 함께 십자군 원정에도 참가했다. 같은 전장은 아니었으나 그도 살아 돌아왔다.

하지만 그는 돌아온 뒤부터 이상해졌다고 들었다. 우울한 분위기를 띤 채 기묘한 헛소리를 하게 된 것이다. 이윽고 기사단에도 교회에도 얼굴을 비추지 않게 되었다.

하지만 그것은 크롤리도 마찬가지였다. 그 전장에서 돌아온 이후, 교회에 가지 않게 되었다. 때문에 나르도 바인이 어떠한 경위로 템플 기사단을 떠났는지는 알지 못했다. 애초에 그런 자들은 그 말고도 많았다. 그 십자군 원정은 너무도 처참했고, 기사단을 떠난 자는 적지 않았다.

"그럼, 나르도 바인이 지르베르를 죽인 거야?"

"글쎄, 모를 일이지. 하지만 적어도 이 은으로 된 바늘의 주인은 그인 걸로 밝혀졌어. 참고로 그는 십자군 원정에서 귀국한 뒤 기묘한 이야기를 주변에 하고 다닌 모양이야. 전장에서 결코 죽일 수 없는, 피를 빠는 괴물을 만났다는 이야기를."

"…뭐? 그건…."

"그리고 인간의 피를 빨면 영원한 생명이 손에 들어온다. 다른 사람의 생명을 먹고 불사자(不死者)가 될 거다, 라는 헛소리를 했다나 뭐라나. 아, 하지만 어디 사는 이상한 양반도 똑같은 소릴 했던 것 같은데. 누구였더라. 같이 와인을 마시던 녀석이었던 것 같은데. 짚이는 바 있어, 크롤리 군?"

페리드가 그런 소리를 했다.

물론 그 이상한 양반이라는 것은 크롤리를 가리켰다. 그는 그 전장에서 흡혈귀를 보았다. 그리고 빅터 일행이, 동료들이 몰살당했다.

페리드가 이쪽을 바라보며 말했다.

"아무래도 너 말고도 흡혈귀를 본 녀석이 있는 모양이야."

"…정신이상자가 헛소리를 하는 거겠지."

"너는 그 동료고?"

"…게다가 그건, 환상이었어."

"나도 그러길 바라는 바지만 말이야. 그도 그럴 것이, 흡혈귀 같은 게 정말로 있으면 난 무서워서 밤에 잠도 못 잘 것 아냐~"

페리드는 겁에 질린 표정으로 말했다.

하지만 그는 분명 즐기고 있었다. 덤으로 지르베르를 죽인 범인을 알고 있으며, 흡혈귀를 본 인간이 크롤리 말고도 있다는 사실까지 알고도 이 공방에 올 때까지 가르쳐 주지 않았다. 분명 마차를 타고 오는 도중에도 내심 비웃고 있었으리라.

이 쓸데없는 범인 찾기 여행 내내 계속.

"나 갖고 노니 재미있었어?"

그렇게 묻자 페리드는 어깨를 으쓱했다.

"설마. 나는 친구를 갖고 놀지 않아."

"하, 친구를 속이는 친구를 둔 적은 없는데."

"속인 적 없어."

"적어도 너는 정작 필요한 정보는 아무것도 말해 주지 않았어."

하지만 페리드는 손을 팔랑팔랑 흔들며,

"아니아니, 필요한 정보는 전부 말해 줬어. 필요 없는 정보도 잔뜩 말했지만."

"그럼, 이곳에 올 필요는 있었다는 거야?"

그러자 페리드는 가슴을 탁 치며 말했다.

"물론이지. 나를 믿어."

전혀 믿을 수가 없었다.

크롤리는 한숨을 내쉬고서 말했다.

"그럼 우리는 뭘 하러 이곳에 온 건데. 나르도 바인의 범행이라는 증거는 찾았어?"

확실히 상황증거만으로 붙잡기에는 바인 가문의 힘이 너무 컸다. 확실한 증거가 필요했다. 그것을 얻기 위해 이곳에 왔다면 이해할 수 있겠지만, 그렇다 해도 마차 안에서 이 이야기를 할 기회는 얼마든 있었을 터다.

만약 정말로 그가 친구라면.

그러자 페리드는 창밖으로 시선을 던졌다. 햇볕이 내리쬐고 있었다. 조금 전까지는 눈이 부셔 못 견디겠다는 표정이었는데, 지금은 아무렇지도 않게 태양을 올려다보고 있었다.

"으~음, 시간상 조금 이른 것 같은데. 이 즐거운 이야기는 점심 먹고 나서 저녁 즈음에 이어서…."

"페리드 군."

다시 한 번 크롤리가 힘을 실어 말하자 페리드는 항복이라는 듯 두 손을 들며 말을 받았다.

"별 수 없지. 그럼 그 아이를 밖으로 내보내."

그제야 이야기를 해 줄 마음이 든 모양이었다.

하지만 이 아이를 혼자 밖으로 내보내도 될까 생각해 보았다.

밖에 나가면 부모의 시체를 보게 될 것이다. 그것을 막으려면 어떻게 해야 할까.

"……."

아니, 결국은 현실을 받아들여야만 할 것이다. 이 소년은 앞으로 혼자서 살아가야만 한다. 부모님은 물론이고 마을 사람들까지 모두 죽어 버렸으니.

크롤리는 소년을 내려다보며 말했다.

"…잠깐, 밖에 나가주겠니?"

소년이 이쪽을 올려다보았다. 크롤리는 말을 이었다.

"밖에는 네 부모님의 시체가 있어."

"……."

"처참하게 살해당했어. 그리고 마을 사람들도 모두 다 죽었어."

"……."

"하지만 넌 살아남았어. 이제 안전해. 내 말 알아듣겠니?"

소년은 고개를 끄덕였다. 이미 상황을 파악한 모양이었다. 역시 그는 강한 아이인 듯했다.

"밖에 나가면 마차가 있을 거야. 페리드 바토리의 명령이라고 해서 안에 들여보내 달라고 해."

"알겠어요."

소년은 말했다. 그의 머리를 쓰다듬어 주었다.

소년이 건물에서 나갔다.

그러자 페리드가 이쪽을 본 채 실실 웃으며 말했다.

"다정하네."

"저 아이는 부모를 잃었어."

"네가 죽인 이교도들에게도 아이는 있었을 테지만 말이야."

"……."

"그래서 무슨 얘기 중이었지?"

"결론. 이제 경위에 관한 이야기는 지긋지긋해."

"애무 안 하는 남자는 사랑 못 받아."

"동정이거든."

"하하하."

페리드는 웃으며 말하기 시작했다.

"그러면, 우선 미쳐 버린 상급 기사, 나르도 바인 말인데."

"응."

"전장에서 돌아오자마자 집안이 그를 버린 모양이야. 정말로 미쳐 버렸거든. 돼지의 피를 마시고, 닭의 피를 마시고, 사용인을 죽여 그 피를 마셨지. 그렇게 하면 불사자가 될 수 있다고 중얼거리며."

"……."

"이런 녀석과 함께 있으면 언젠가는 이단심문관의 눈 밖에 나겠다 싶었겠지. 피를 마시면 불사자가 될 수 있다니, 마술인지 주술인지는 모르겠지만—."

"품고 있다가는 일족이 모두 처형당하겠지."

"응. 그래서 나르도 바인은 버림받았어. 바인 가문이 어느 정도의 돈만 쥐여 주고 연을 끊었지. 그의 저택은 폐허나 다름없어. 그럼에도 이단심문관이 움직이지 않는 건 그가 아무와도 접촉하지 않았기 때문이야."

"그럼 나르도 바인을 죽이는 데 증거는 필요 없겠군."

크롤리가 그렇게 말하자 페리드는 고개를 끄덕였다.

"맞아. 참고로 조사한 바에 따르면 사용인도 한 명뿐인 모양이야. 주변 사람들도 그를 꺼리는지 아무와도 접촉하지 않고 있어."

"뭐? 그런 것까지 조사한 거야?"

"그 정도는 너와 와인을 마셨던 날에 조사했지."

"잠깐 있어 봐. 그럼 네가 그때 범인이 누구인지 말해줬다면, 지르베르는 살해당하지 않았을 거라는 뜻이야?"

그렇게 물었다.

만약 그렇다면.

만에 하나 그렇다면 그는—.

하지만 그 말을 듣자 페리드는 다소 지겹다는 투로 말했다.

"조금은 머리를 쓰라고, 크롤리 군."

"……."

머리를 쓰라고?

그 말인즉,

"…나르도 바인은, 범인이 아닌 거야?"

페리드는 은으로 된 바늘을 능숙하게 빙글빙글 돌리며 말했다.

"매춘부를 죽인 수법은 훌륭했지. 예술 같았어. 모종의 망집에 사로잡힌 정신이상자의 범행으로 보였어. 하지만 그게 과연 한 명의 정신이상자가 할 수 있는 일일까?"

그 말에 매춘부 여덟 명이 한꺼번에 살해당했던 광경이 떠올랐다.

시신 일곱 구는 같은 간격으로 나란히 매달려 있었다. 피는 한 방울도 흐르지 않고 뽑혀나간 상태였다. 과연 정신이상자 한 명이 뒷골목에 숨어, 아무에게도 들키지 않고 그런 일을 할 수 있을까.

페리드가 말을 이었다.

"게다가 시체 한 구만 매우 거친 방법으로 살해당했지. 갑자기 일을 설렁설렁 처리해 증거를 남겼어. 마치 '그때 문제가 일어났습니다.'라고 말하려는 듯이. 아니나 다를까 증거가 남았지. 이 은으로 된 바늘 말이야."

바늘을 내밀어 보였다.

"이러면 간단히 증거를 추적할 수 있어. 고객 리스트를 지닌 녀석도 금방 고용주를 불었지. 의리 없이 말이야. 아무래도 충성심이라는 단어는 요즘 유행이 아닌가 봐."

페리드의 이야기는 나르도 바인 이외의 사람이 범인이라는 방향으로 흘러가고 있었다. 그 범인은 나르도 바인을 범인으로 만들려 하고 있었다. 하지만 그건 대체 누구를 위한 일일까?

그는 말을 이었다.

"얘기 계속할게. 지르베르 샤르트르는 약했어?"

물론 강했다. 검술 재능도 있었던 데다 누구보다도 노력을 아끼지 않았던 남자였다. 그렇기에 차기 마스터 후보로 선택되었던 것이다.

페리드는 계속해서 물었다.

"간단히 죽일 수 있는 사람이었어?"

"전혀."

"그럼 나르도 바인은?"

"비교가 안 되지. 그는 금이야 옥이야 자란 부잣집 아들이었어. 노력과는 인연이 없었지. 녀석은 지르베르를 죽이지 못해. 게다가 나르도 바인은 템플 기사단을 떠난 자야. 관사에 얼굴을 내밀었다면 매우 눈에 띄었겠지."

페리드는 그 말을 듣고 웃었다.

"드디어 말이 통하네. 이제 좀 머리를 쓸 생각이 든 거야?"

"……."

크롤리는 죽은 지르베르의 모습을 떠올렸다. 공포와 절망으로 일그러진 얼굴. 하지만 목을 물린 상처 말고는 다른 상처가 없었다. 검으로 어딘가를 베인 흔적은 없었다. 피가 튄 흔적도 없었다. 검도 뽑지 않았다.

요컨대 지르베르는 저항을 하지 못한 것이다. 그토록 강하고 근면했던 남자가.

페리드가 말했다.

"그럼 누가 지르베르를 죽인 걸까. 네가 전장에서 만났던 흡혈귀? 하지만 정말로 괴물처럼 강한 흡혈귀가 존재한다 한들, 이렇게 우스꽝스러운 잔꾀를 부릴까?"

아니. 그것은 그렇게 가벼운 상대가 아니었다.

그것과 대치했을 때 느낀 것은 절대적인, 회피할 방도가 없는 죽음이었다. 그 괴물이 이런 잔꾀를 부릴 리 없다.

그렇다면 누가 그랬다는 말인가?

"······."

크롤리는 이 조금사들의 마을 입구에서 칼에 맞아 죽어 있던 장인들의 시체를 떠올렸다. 잘 훈련된 여러 명의 병사들의 칼에 죽은 듯 보이는 시체. 그리고 40명 남짓이 사는 마을을 몰살시킬 만한 힘을 지닌 조직.

크롤리는 말했다.

"지르베르를 죽인 건, 템플 기사단인가."

템플 기사단이 지르베르를 죽이고 그 죄를 전장에서 돌아와 미쳐 버린 나르도 바인에게 덮어씌우려 하고 있는 것이다. 그러기 위해 매춘부들과 조금사들까지 죽였다.

모두 다, 템플 기사단의 범행—.

페리드는 드디어 다 따라왔구나, 하는 뉘앙스로 웃었다.

"참고로 크롤리 군. 나는 성실한 신도가 아니라서 네게 물어보고 싶은데, 동료에게 누명을 씌우거나 죽이는 게 요즘 유행

하는 천국 가는 지름길이야?"

물론 그렇게는 배우지 않았다.

대장에게 배운 것은 하나라도 많은 적을 죽이고 동료를 위해 죽으라는 마음가짐이었다.

그것만을 배웠다.

크롤리는 또다시 무의식적으로 목에 건 묵주로 손을 뻗다가,

"에이, 또 그거 움켜쥐려고 그런다."

페리드가 그렇게 지적했다. 크롤리는 얼굴을 찌푸리며 말했다.

"언제부터 알고 있었어?"

"언제였더라."

"대답해."

"이 은으로 된 바늘을 발견했을 때는 몰랐어. 하지만 지르베르 군이 살해당한 걸 보고, 곧장 범인의 목적은—."

"왜 바로 말 안 한 건데!"

"하, 말했으면 넌 뭘 했을까? 템플 기사단 관사에서 그 잘난 검을 뽑아들고 주모자를 죽이려 들었겠지? 너도 살해당할…."

"주모자를 불어!"

크롤리는 손을 뻗었다. 페리드의 멱살을 잡고 쿵 소리가 나도록 세게 벽으로 밀쳤다.

하지만 페리드는 여전히 히죽히죽 웃기만 했다.

"싫어. 그거야말로 녀석들이 바라는 바니까. 나르도 바인에게 누명을 씌울 필요도 없게 되지. 이상해진 녀석이 한 명 더 있으니까. 너를 지르베르를 죽인 범인으로…."

"닥쳐. 빨리 지르베르를 죽인 범인의 이름을—."

"알아서 어쩌게? 애초에 네가 화를 낼 자격이나 있어? 만약 네가 템플 기사단을 떠나지 않았다면 주모자가 누구인지 내게 물을 필요도 없었을 거야. 누가 지르베르와 차기 마스터 자리를 놓고 싸웠는지 바로 알 수 있었을 테니까."

"……."

"하지만 넌 몰라. 템플 기사단이 아니니까. 너 아까 여기서 구한 아이에게 템플 기사라고 했지? 하하, 웃기지 마. 넌 이미 동료들과 신에게서 도망쳤잖아?"

"…나는."

"지르베르 군은 정치에 휘말려 곤경에 처해 있었어. 그래서 영웅이 돌아오길 바랐지. 하지만 영웅은 신앙심을 잃고 돌아올 낌새도 보이지 않았어."

"……."

"지르베르 군의 장례식날 왔던 로이 루랜드도 그래. 지르베르파는 주인을 잃었어. 완전히 붕괴됐지. 심지어 동료를 잃었어. 신뢰할 수 있는 동료는 몇 안 되지. 좌우간 상대는 주도면밀하고 정적을 죽이거나 누명을 씌우기 위해서라면 무슨 짓이든 하는 녀석들이야. 하지만 그래도 영웅이 돌아와 주기만 했다면….”

“……”

페리드는 빙긋 웃으며 일단 말을 멈췄다. 그러고는 크롤리의 팔에 살며시 손을 대며 말을 이었다.

“이런 이야기를 내가 제 때 해서, 네가 갑자기 신앙심을 되찾고 템플 기사단으로 돌아갔을 거라면 내가 배신자겠지. 사과할게. 하지만 뭐어, 내게도 내 나름의 정의가 있어. 이미 정세는 멈출 수 없어. 돌아가 봐야 너는 로이 루랜드와 함께 살해당할 거야. 그래서―”

“나를 장례식에 참석시키지 않고 이렇게 도시에서 떨어진 곳까지 데려왔다 이건가….”

이제야 페리드의 의도를 알아냈다. 그는 크롤리를 정치 놀음의 중심에서 멀리 떼어놓은 것이다. 살해당하지 않도록.

페리드는 웃었다.

“친구 끔찍이 아끼지? 뭣하면 절친이라고 해도 돼.”

확실히 생명의 은인이었다.

하지만,

"부탁한 적 없어."

"너는 지르베르가 돌아와 달라고 부탁했을 때 돌아갔어?"

"……."

"어라, 너무 괴롭혔나?"

크롤리는 페리드의 멱살을 놓아주었다. 페리드는 정론만을 말했다. 알아채고자 했다면 알아챌 수 있었던 일들뿐이었다. 하지만 알아채지 못했다. 자신은 알아채고자 하지도 않았다.

크롤리는 묵주를 움켜쥔 주먹으로 가슴을 꾹 눌렀다. 그렇게 해서 아픈 마음을 얼버무리려 했다. 하지만 고통은 사라지지 않았다. 강렬한 고통이 사라져 주지 않았다.

"…젠장, 페리드 군."

"왜애."

"너무 괴롭혀서 가슴이 아프잖아."

"하하하."

"웃을 일 아니야."

"아아, 그렇지. 신을 잃는 건 언제나 비극적인 일이니까."

페리드가 아주 조금 슬픈 표정을 지어 보였다.

크롤리는 그런 페리드의 얼굴을 바라보며 물었다.

"너도 신을 잃은 적이 있어?"

"예~전에."

"나이 차이도 별로 안 날 텐데?"

"글쎄, 과연 그럴까?"

"있지, 페리드 군."

"응."

"로이는 살해당할까?"

그렇게 물었다. 답을 알면서도. 하지만 물어보지 않을 수 없었다. 분명 이것은 어리광일 것이다.

그리고 페리드는 선뜻 답해 주었다.

"유감스럽지만."

"지금 돌아가도 늦었을까?"

"지르베르 군이 너를 불러들이려던 때였다면 괜찮았겠지만."

그것은 이제 절망적이리만치 돌이킬 수 없는 예전의 일이었다. 좌우간, 지르베르는 이미 죽었으니.

크롤리는 바닥을 쳐다본 채 한숨을 내쉬고는 신음하듯이 말했다.

"…그래."

"응."

페리드는 얼마간 아무 말도 하지 않았다.

◆ ◆ ◆

보름 후.

밤.

그 날도 비가 왔다. 장대비였다. 눈을 크게 뜨지 않으면 몇 걸음 앞도 보이지 않을 정도로 빗줄기가 굵었다.

요즈음 도시에서 발생하고 있는 연쇄 흡혈 살인 사건은 온 도시를 공포에 빠뜨려놓고 있었다.

지르베르 샤르트르, 로이 루랜드 외에 몇 사람이나 되는 템플 기사들을 죽인 것도 모자라 조금사들의 마을까지 전멸시켰다.

이 도시는, 저주받아 피를 빠는 괴물이 배회하고 있다는 소문이 항간을 떠들썩하게 했다.

밤에 나돌아다니는 자가 없어져 도시는 고요하기만 했다.

하지만 그날은 빗발 너머에서 웃음소리가 들려왔다.

술집을 나서는 남자들의 목소리였다.

밤을 활보한다는 흡혈귀도 두려워하지 않는, 대담한 템플 기사단 상급 기사들의 웃음소리였다.

그 수는 일곱.

청빈, 정결, 순종의 맹세를 한 자들로는 보이지 않을 정도로 천박하게 큰소리로 떠들어대고 있었다.

"……."

크롤리는 비옷을 입은 채 어둠 속에서 그 남자들을 가만히 바라보고 있었다. 모두 얼굴은 물론 이름까지 아는 자들이었다. 크롤리가 그 전장에서 목숨을 구해주었던 자들이었다.

그는 똑바로 남자들을 향해 걸어갔다.

그러자 한 사람이 이쪽에서 다가가고 있다는 것을 알아챘다. 그곳에 있는 기사들 중 가장 실력이 좋은 남자였다. 그가 이쪽을 보며 말했다.

"뭐냐, 너."

다른 기사들도 이쪽을 쳐다보았다.

크롤리는 그 말에 대답했다.

"…공포에 떨어라. 피를 빠는 괴물이다."

하지만 기사들은 공포에 떨지 않았다. 당연했다. 피를 빠는 괴물인 척 매춘부와 조금사와 템플 기사단 동료들을 죽인 것은 그들이었기에.

그들은 서로 얼굴을 마주보더니 웃었다.

"뭐? 너, 그게 무슨 웃기지도 않는 소리냐?"

"강도질을 하러 온 거라면 상대를 잘못 골랐어. 우린 템플 기사단이다. 몇 명이나 되는지는 모르겠지만, 시답잖은 농담은…."

크롤리는 검으로 그렇게 떠들어대던 남자의 목을 쳤다.

"뭣."

여섯 명의 남자들이 곧장 칼을 뽑아들었다. 기사단 훈련을 받은 만큼 반응이 좋았다.

"정체가 뭐냐!"

그렇게 말한 남자의 왼쪽 다리를 사타구니에서 절단시켰다.

"크악."

"이 녀석 강해! 포위해!"

포위당했다. 오른쪽에서 검이 날아들었다. 하지만 그것을 몸만 살짝 틀어 피했다. 검은 그의 비옷을 살짝 베기만 했다.

그 대신 크롤리의 검이 허리를 찢어놓았다.

네 사람 남았다.

고개를 돌렸다. 비옷이 벗겨져 크롤리의 얼굴이 드러났다. 그의 얼굴을 본 남자들은 깜짝 놀란 표정을 지었다.

"크롤리 유스포드."

"왜, 네놈이."

그 말에 크롤리는 입을 열었다.

"너희 지르베르와 로이를 죽였지?"

"아, 아니, 잠깐. 그럴 만한 사정이—."

그렇게 말한 남자의 목을 날렸다.

더 이상 사정을 들어줄 필요는 없었다.

셋 남았다.

그 세 명은 승산이 없음을 깨닫고는 각기 다른 방향으로 달아나려 했다. 달아나려는 한 사람의 등을 베었다.

그러고는 품안에서 단검을 꺼내들어 반대쪽으로 달아난 남자의 목을 향해 던졌다.

단검은 비를 뚫고 똑바로 날아갔다. 목에 꽂혔다. 죽었다.

하나 남았다.

마지막 한 명은 그 중에서 가장 검술 실력이 좋은 남자였다. 하지만 그는 전혀 동료들을 돌보지 않고 도망쳤다. 템플 기사단에서는 상대가 셋 이상이 아닌 한 도주해서는 안 된다고 가르쳤을 텐데도.

크롤리는 그 남자의 뒤를 쫓았다.

얼마 되지 않아 따라잡았다.

남자는 도망칠 수 없음을 깨닫고는 몸을 돌려 검을 치켜들었다. 역시나 그럭저럭 빨랐다. 그 검을 받았다. 그대로 기세를 이용해 검을 돌렸다.

그러자 남자의 검이 딸려 나가듯 허공을 날았다.

"젠장!"

남자가 외쳤다.

"젠장! 젠장! 젠장!"

그 남자를 향해 검을 치켜들었다.

그러자 남자가 말했다.

"자, 잠깐! 나를 죽여 뭐 하게! 모두 다 템플 기사단의 미래를 위해 한 일이라고!"

"……."

"게다가 이 일에 얽힌 건 우리뿐만이 아냐. 일일이 죽이려면 수백 명은 죽여야 할걸."

크롤리는 차가운 눈으로 남자를 내려다보며 말했다.

"…하지만, 주모자는 너희지."

"대의를 위한 일이었어! 기사단의 미래를 위한 일! 지르베르, 로이도 이런 일은 바라지 않을걸. 알프레드 대장도 그럴 테고! 이봐, 크롤리. 내 말 좀 들어 봐. 아니, 너도 기사단으로 돌아와주라. 모두가 너를…."

하지만 그 순간,

"유감이지만 내가 하는 일에 대의는 없어."

크롤리는 그렇게 말하며 검을 내리쳤다.

남자의 상체가 땅바닥에 떨어졌다.

피가 콸콸 흘러나왔지만 그것은 머지않아 비에 씻겨 내려갔다.

그대로 얼마간 옛 동료의 시체를 내려다보았다.

빗줄기는 여전히 굵었다. 찢어진 비옷의 틈새로 빗물이 스며들었다. 옷이 흠뻑 젖어 온몸이 무거웠다.

누군가가 그런 그의 곁으로 다가왔다.

"있지, 크롤리 군. 바로 도망치기로 약속하지 않았어?"

페리드였다.

"…너야말로 이러고 있는 걸 누가 보면 투옥당할걸."

"얼마간 사람은 얼씬도 안 할걸? 좌우간 다들 존재하지도 않는 흡혈귀 때문에 벌벌 떨고 있으니까."

"흡혈귀는 방금 죽였어."

크롤리가 그렇게 말하자 페리드도 땅바닥에 쓰러진, 상체와 하체가 생이별한 시체를 쳐다보았다.

"이상하네. 흡혈귀는 죽지 않는 괴물 아니었어?"

"농담 따먹기 할 기분 아니야."

"그럼 돌아가자. 저택에 따끈한 스프를 준비시켜뒀어."

크롤리는 페리드의 얼굴을 쳐다보았다. 그는 여전히 히죽히죽 웃고 있었지만, 지금은 그 평소와 같은 불성실한 태도가 마음의 위로가 되어 주는 것 같았다.

"고기도 먹고 싶은데."

"금욕의 맹세는?"

"템플 기사였던 건 과거의 일이야."

"하하하."

◆ ◆ ◆

일상으로 돌아왔다.

평온한 일상.

아이들에게 검술을 가르치는 일로 하루를 보내는 나날.

아이들은 전보다 더 진지하게 훈련에 매진했다. 도시에 흡혈
귀가 나타났다는 소문이 돌기 시작한 이후, 모든 이들이 공포
를 이겨낼 방법을 찾고 있었다.

최근에는 종기사 조제가 학생들에게 검술을 가르치러 와 주
고 있었다. 템플 기사단으로 돌아와 달라며 시끄럽게 구는 그
의 출입을 거부하지 않은 것은 정보를 얻기 위해서였다.

그를 곁에 두면 일곱 명의 상급 기사가 죽은 뒤 상황이 어떻
게 움직이는지 어느 정도는 들을 수 있기 때문이었다.

"크롤리 님."

누군가가 말을 걸어왔다. 조금사 마을에서 구출한 소년이었
다. 이름은 머룬이라고 했다. 나이는 여덟 살. 그는 사용인으로

일할 곳이 정해질 때까지 조건부로 크롤리의 집에서 살고 있었는데, 장인의 아들인 탓인지 길이 잘 들어서 집안일이며 몸시중에 관한 일이라면 무엇이든 능숙하게 해냈다.

그가 온 이후, 집은 구석구석 깨끗해져 청소를 하던 하녀가 할 일이 없다며 볼멘소리를 할 정도였다.

소년으로 말하자면 최근 검에도 관심을 보이고 있는 듯했다. 조제에게 기초를 배우며 장래에 크롤리처럼 훌륭한 검사가 되어 템플 기사단에 들어갈 것이라며 의욕을 불태우고 있었다.

그 머룬이 말했다.

"조제 님이 오셨습니다."

그 말에 크롤리는 얼굴을 찌푸리며 대답했다.

"또 왔어? 거의 매일이잖아."

그러자,

"당연합니다! 저는 크롤리 님의 종기사니까요. 게다가 검술 도장의 대리 교사이기도 하고요!"

조제가 멋대로 집 안으로 들어와 말했다.

"그렇게 강하지도 않으면서."

"물론 크롤리 님에게는 상대도 안 되겠지만 학생들보다는 강합니다. 그리고 크롤리 님은 제게도 좀 가르침을 주십시오."

"그럼 그냥 강한 셈 치자."

"크롤리 님!"

그렇게 말하며 선물로 들고 온 과일을 부엌에 내려놓더니, 머룬과 저녁식사에 관한 이야기를 하기 시작했다. 설마 저녁시간까지 있을 셈일까.

"아아, 그리고 좀 들어주십시오, 크롤리 님. 머룬에게 검술을 좀 가르쳐 봤는데 재능이 엄청납니다. 이대로 가면 머지않아 제가 따라잡힐 정도입니다."

조제가 그렇게 말하자 머룬이 기쁜 듯 얼굴을 붉혔다. 조제는 확실히 좋은 교사가 될 것 같았다. 알프레드 대장과는 달리 칭찬해 키우는 타입이었다.

하지만,

"조제."

"네."

"넌 기초가 좀 부족해."

그러자 어째서인지 조제가 눈빛을 빛내며 말했다.

"드디어 제게 가르침을 주실 생각이 드신 거군요, 크롤리 님!"

"에, 아, 아니, 그런 건 아닌데."

"어떤 기초 말씀이신지? 물론 시키시는 건 전부 다 할 생각입니다만, 일단 뭘 하면 될까요? 저, 저기, 검을 뽑아도 될까요?"

"안 돼."

"이렇게 부탁드립니다!"

그렇게 애원을 하기에 턱짓으로 뽑으라고 했다. 그러자 조제가 검을 뽑아 자세를 취했다. 템플 기사단에서 배우는 기초 자세였다.

조제 뒤에서 걸레를 든 머룬이 가만히 이쪽을 쳐다보고 있었다.

그것을 본 크롤리는 쓴웃음을 지었다.

조제가 말했다.

"여기서 어떻게 움직여야…."

"움직이지 마. 좀 더 자세 낮춰."

"아, 네."

"더 낮게."

"네!"

"그대로 유지해."

"네!"

"다섯 시간동안."

"네……에?! 장난이시죠?"

크롤리는 어깨를 으쓱하며 말했다.

"내 스승님은 반년은 움직이지 말라고 했는데."

"다, 다섯 시간동안 분발하겠습니다!"

그러자 머룬도 훈련소에서 모형검을 가져와서는,

"저, 저도 해도 될까요."

크롤리는 고개를 끄덕였다.

"그래. 방은 이제 충분히 깨끗하니까."

그러자 머룬은 신이 나서 조제 옆에서 기초 자세를 잡았다. 그 자세는 낮고 안정적이었다. 재능이 있다는 말은 정말인 듯했다. 단련시키면 실력이 쭉쭉 뻗어나가리라. 좋은 템플 기사가 될 것이다. 그의 부모를 죽인 것도 템플 기사단이었지만.

"조제 님. 함께하겠습니다."

"좋아. 해보자, 머룬."

"네!"

"참고로 나는, 벌써, 다리가 후들거리고 있어."

"힘내죠!"

크롤리는 웃었다. 조제는 틀렸다. 아마도 재능은 없을 것이다. 하지만 그는 다정하여 많은 사람들에게 사랑받을 성격이다. 그리고 분명 그게 더 좋은 일이리라. 크롤리처럼 강해지고도 결국 아무도 지켜내지 못한 자도 있었으니.

"잠깐 밖에 나갔다 올게."

"아!"

조제가 말했다. 따라가겠다고 하려 했으나 지금은 수련 중이었다.

크롤리는 빙긋 웃으며,

"다섯 시간이다."

조제가 속았다는 표정을 지었다.

크롤리는 웃으며 현관을 나섰다. 밖은 아직 대낮이었다. 근처에 사는 사람들이 이쪽을 알아보고 차례로 미소를 띤 채 인사를 해 왔다.

"아, 크롤리 님."

"어디 나가십니까, 크롤리 님."

그는 그 말에 적당히 대꾸했다.

이 시간은 아직 사람들의 왕래가 많았다. 하지만 저녁이 되면 다시 인기척이 뜸해진다.

연쇄 흡혈 살인 사건은 아직 해결되지 않았다. 해결되기는커녕 희생자 수는 갈수록 늘어갔다.

좌우간 술집에서 돌아오던 강한 템플 기사들이 일곱 명이나 살해당했을 정도니.

"……."

물론 그 범인은 그였다.

하지만 템플 기사들은 지르베르를 살해했다는 누명을 씌우기 위해 미리 준비해 두었던 나르도 바인의 이름을 아직 공표하지 않았다. 주모자들이 살해되자 혼란에 빠진 탓이리라.

하지만 이대로 계속 가만히 있을 수도 없으리라. 요즘 일어나고 있는 사건은 템플 기사단의 이름을 더럽히고 있었다. 게다가 이런 이상한 사건이 이어지면 이단심문관이 이 땅을 방문할 것이다. 그렇게 되면 기사들에게 좋을 것이 없었다.

자세히 조사하기에도 여러모로 성가셔질 테고, 이 정도 사건도 해결 못하느냐는 핀잔에 명예가 실추되기도 할 것이다.

그러니 머지않아 나르도 바인은 연쇄 살인 사건의 범인으로 체포될 것이다. 그리고 극형에 처해질 것이다.

그는 나르도 바인을 구할 생각이 없었다. 나르도 바인은 이미 망가져 있었다. 종자와 사용인을 몇 명이나 죽이고 피를 빨았다고 한다. 이미 벌을 받아 마땅할 만큼의 죄를 저질렀다 할 수 있었다.

하지만 그래도.

"……."

멋들어지게 만들어진 마차가 그의 앞에 멈췄다. 마부 소년의 얼굴이 낯이 익었다. 이름은 분명, 히누에. 페리드의 저택에서 일하는 아이였다.

크롤리는 그 마차 쪽으로 걸어갔다. 마차 옆까지 다가가자 히누에가 문을 열어 주었다.

"타시죠, 크롤리 님."

"고마워."

마차 안에 들어갔다. 먼저 타고 있던 페리드 앞에 앉았다. 페리드가 이쪽을 보지 않은 채 말했다.

"여어, 크롤리 군. 오랜만이야."

"응."

"잘 지냈어?"

"불과 사흘 전에도 너랑 만나기는 했지만 말야."

"네가 없으니 얼마나 심심한지 몰라~"

"하지만 나랑 같이 있어봐야 더 이상은 즐겁지 않을걸. 어쨌든 흡혈귀 퇴치는 끝났으니까."

하지만 페리드는 그 말을 듣고서 고개를 갸웃하더니 입을 열었다.

"그럴까? 거리는 아직 그 얘기로 떠들썩한데."

그러나 그 권력 투쟁에 여념이 없던 흡혈귀는 이미 죽었다. 크롤리가 죽인 것이다. 도시 사람들이 겁낼 상대는 이제 없었다.

하지만 페리드는 실실 웃으며 이쪽을 본 채 말했다.

"게다가 진짜 흡혈귀를 찾는 모험이 아직 남았잖아. 네가 그 전장에서…."

"환상 속에서 본 흡혈귀 말이겠지."

"나르도 바인도 봤다잖아."

"정신이상자의 헛소리야."

"환상으로 여기기는커녕, 흡혈귀를 동경해 피까지 마시고 있다잖아. 그가 살해당하기 전에 이야기라도 들어보러 가야하지 않겠어?"

"…그럼, 오늘 네가 날 불러낸 건."

"그냥 친구를 만나고 싶었던 것뿐이야."

"그리고?"

그러자 페리드는 히죽히죽 웃으며,

"그리고 나르도 바인의 체포가 결정됐어. 닷새 후. 템플 기사들은 범인을 대대적으로 공표하고 그를 체포할 거야."

슬슬 움직임이 있을 때가 됐다고 생각했는데 드디어 그 날이 온 모양이었다.

하지만 조제는 아무 말도 하지 않았다. 아마도 전해 듣지 못한 것이리라. 그렇듯 템플 기사도 모르는 정보를 페리드는 알고 있었다.

"나 원, 넌 대체 어디서 그런 정보를 얻어오는 거야."

페리드는 웃었다.

"높은 사람한테 들었는데."

"템플 기사단의?"

"더 높은 사람."

크롤리는 한숨을 내쉬며 말했다.

"친구가 꽤나 많네. 이제 나 같은 녀석은 안 찾아와도 되지 않겠어?"

"뭐야, 질투해? 하지만 난 너 같은 녀석이 좋아. 흡혈귀 꿈이나 꾸는, 소년 같은 마음을 잃지 않…."

"아, 그래."

"끝까지 좀 들어줘~"

페리드는 그런 소리를 하며 마부에게 명령했다. 마차의 행선지는 나르도 바인의 저택이리라.

크롤리는 말했다.

"나는 가는 걸 승낙한 적 없는데."

나르도 바인의 저택에 가봐야 좋을 것이 없을 것 같았다. 나르도 바인은 미쳤다. 템플 기사단이 감시도 하고 있으리라. 지금 나르도 바인과 접촉하는 모습을 누군가가 보기라도 하면, 그 피해가 조제와 머룬, 크롤리가 접촉한 자들 모두에게 미칠 가능성이 있었다.

하지만 그 순간, 마치 크롤리의 머릿속을 들여다보기라도 한 듯 페리드가 말했다.

"괜찮아. 넌 처형당하지 않아. 좌우간 그동안 템플 기사들이 너무 꼴사납게 죽어나갔으니까. 옛 십자군의 영웅, 크롤리 유스포드를 추앙하면 추앙했지 누명을 씌워 죽이려 들지는 않을 거야."

"그런 네 이야기를 믿었다가 몰살당하면?"

"귀엽게 사과할게."

"사과할 새도 없이 목이 달아날지도 몰라."

페리드가 신이 나서 이쪽을 쳐다보았다.

"하지만 너도 가고 싶잖아. 전장에서 봤던 그게 환상인지 어떤지. 궁금해 못 견딜 지경이면서."

"……."

"자신의 동료는 무언가에게 살해당한 것인가? 아니면 자신의 약한 마음이 보여준 한낱 꿈에 불과한가. 만약 꿈이 아니라면. 만약 정말로, 그게 진짜 실존하는 괴물이라면 너는 어쩔 거야?"

그 물음에 크롤리는 대답했다.

"얽히지 말아야지."

그것에게는 못 이긴다. 그 사실은 금방 알 수 있었다. 좌우간 검으로 베고 찔러도 소용이 없었다. 그런 상대와 어떻게 싸운다는 말인가.

하지만 페리드는 이쪽을 바라본 채 씩 웃었다.

"복수하고 싶다고 얼굴에 써 있는데 뭘."

"……."

"그리고 나는, 친구가 있지도 않은 망상 속 괴물에게 사로잡혀 평생 악몽에 시달리는 건 좋지 않다고 생각하고 있고."

"그래서 나르도 바인을 만날 필요가 있다 이거야?"

"그래."

"나를 위해서?"

그렇게 묻자,

"착한 친구지?"

페리드는 또다시 싱글벙글 웃었다.

정말로 그는 친구일까. 만약 정말 그렇다면 이 일이 끝난 뒤, 이번에는 자신이 그를 저녁식사에 초대해야겠다고 크롤리는 생각했다.

마차는 달렸다.

도시 변두리에 저택이 세워져 있었다. 그 저택을 보자마자 제정신이 아닌 자가 사는 곳이라는 사실을 바로 알 수 있었다.

부지에는 잡초가 돋아나 있고, 벽은 금이 가고 창문은 깨져 있었다. 집을 돌보지 않는다고 이렇게까지 황폐해질 리는 없었다.

"마음대로 침입할 수 있겠네."

페리드는 그렇게 말하며 웃었다.

크롤리는 물었다.

"어차피 상태가 이렇다는 것도 이미 알고 있었을 것 아냐?"

"너랑 즐거움을 나누고 싶어서 말이지."

"처음 보는 거야?"

"내 눈으로는."

사실이리라.

페리드는 정말로 즐거워 보였다.

문 앞에 도착해 마차에서 내렸다. 아무도 나오지 않았다. 경비도, 집사도.

건물에는 정면으로 당당히 들어갈 수 있었다. 문은 열려 있었다. 역시 아무도 나오지 않았다.

저택 내부도 상황은 바깥과 같았다. 전혀 손질이 이루어져 있지 않았다. 상태로 보아 아마 도둑이 들어도 몇 번은 들었을 것이다. 정말로 나르도 바인은 아직 이곳에 살고 있을까.

복도로 들어섰다. 어디로 가야 할지는 금방 알 수 있었다. 왜냐하면 가면 갈수록 냄새가 지독해졌기 때문이다.

곰팡이와 썩은 내, 그리고 피냄새.

죽음의 냄새였다.

페리드의 말에 의하면 나르도 바인은 불사를 동경해 인간의 피를 마시게 되었다고 한다.

"아마, 여기일 거야."

문 앞에서 페리드가 멈췄다. 크롤리의 눈에도 그곳이 나르도 바인이 있는 방으로 보였다. 문 아래쪽 틈새에서 복도를 향해 피가 흘러나오고 있었다.

그는 그 피로 물든 복도를 딛고 문 앞에 섰다. 문을 열었다. 페리드가 겁이 나는지 뒤로 물러나며 말했다.

"물론 네가 먼저 들어가 줄 거지? 난 약하잖아."

크롤리는 쓴웃음을 지으며 안으로 들어갔다.

방 안은 그럭저럭 넓어, 홀처럼 되어 있었다. 수없이 많은 나무통이 빽빽하게 늘어서 있었다. 냄새는 그 나무통에서 풍겨왔다. 아마도 피가 들었으리라. 그것도 썩은 피가.

방 중앙의 바닥에는 30대 중반 정도의 수척한 남자가 여자 시체의 목을 필사적으로 빨고 있었다.

쪽, 쪼오옥, 쪼오오오옥—. 불쾌한 소리가 울렸다. 피를 빨지는 못하고 있으리라. 시체는 이미 죽은 지 오래된 것으로 보였다. 아마도 피가 굳었을 것이다. 그럼에도 나르도는 퀭한 눈으로 쪼옥, 쪼오옥 소리를 내며 목을 빨았다.

완전히 정신을 놓은 상태였다.

한때는 동료였을 터인데, 그가 나르도 바인이라는 사실을 몰랐다면 크롤리는 알아보지도 못했을 것이다.

"나르도 바인."

크롤리는 남자 앞에 서서 이름을 불렀다.

그러자 나르도가 고개를 들었다. 역시나 눈의 초점이 맞지 않았다. 하지만 그럼에도,

"크롤리 군. 너도 살아남았군."

"그래."

"다행이야."

너는 죽는 게 더 나았을지도 모르겠지만. 마음속 한구석으로 그렇게 생각하기는 했지만 입 밖에 내지는 않았다.

크롤리는 물었다.

"뭘 하고 있는 거야?"

나르도가 대답했다.

"식사."

"네가 먹고 있는 건, 사람이야."

"그래. 피를 마시고 있지."

"어째서? 그것 말고도 먹을 건 많잖아. 너희 집은 유복하니 먹고 살 걱정은 안 해도 될 텐데."

그러자 나르도가 웃었다.

"왜, 너도 나를 정신이상자라고 부르려고?"

"그런 적 없어. 하지만 그런 소릴 들은 적은 있지. 왜 피를 마시는 거야?"

"불사의 존재가 되려고."

"피를 마셔봐야 불사의 존재가 되지는 못해."

"그럴까?"

"그래."

"하지만 나는 봤어. 그 전장에서. 인간을 마치 장난감을 부수듯 죽이고는 피를 마시는 괴물을."

크롤리는 그 말에 눈을 가늘게 떴다.

자신도 보았기 때문이다.

명백히 인간이 아닌, 보고도 믿지 않을 정도로 아름다운 남자를.

그 모습이 떠올랐다. 꿈속에서 몇 번이나 수없이 봤던 그 괴물의 모습이 떠올랐다.

그 남자는 조금만 더 가면 살 수 있다고 생각한 순간 나타났다.

검은 옷을 두른 갈색 피부의 남자.

머리도 검었다. 전장인데도 무기는 들고 있지 않았다. 눈동자가 붉었다. 피처럼 붉었다. 엷은 입술에서는 짐승처럼 날카로운 이 두 개가 돋아나 있었다.

나르도 바인도 그 남자를 만난 것일까?

크롤리는 물었다.

"대체 무슨 일이 있었던 거지?"

그러자 나르도는 갑자기 소리를 쳤다.

"너도 날 무시하려는 거지?!"

"무시한 적…."

하지만 나르도는 그 말을 가로막고 괴성을 질렀다.

"아아, 아아아아, 아아아아아아아아! 피! 피를 마시지 않으면, 그 남자에게 살해당할 거야! 불사! 나는 불사의 존재가 될 거야!"

품에 끼고 있던 여자의 시체를 버리고 근처에 있던 나무통에 머리를 처박았다. 안에 들어있는 액체를 마셨다. 벌컥. 벌컥. 벌컥.

"커헉, 헉, 헉."

도중에 사레가 들려 피를 토해냈다. 머리도 얼굴도 몸도 피투성이였다. 그러다 다시 바닥에 주저앉았다.

크롤리는 물었다.

"언제부터 식사를 안 한 거야?"

"나는 불사의 존재야. 불사자라고."

"뼈랑 가죽만 남았어. 거의 죽어가고 있다고."

"흡혈귀다!"

"나르도."

"공포에 떨어라! 네 피도 빨아주마!"

나르도가 휘청거리며 다가왔다. 그 가슴을 턱 밀었다. 깜짝 놀랄 정도로 몸이 가벼웠다. 템플 기사단에 있었을 무렵, 나르도는 통통한 체격이었다. 살을 좀 빼는 편이 좋겠다 싶을 정도였을 터인데.

나르도가 바닥에 쓰러졌다.

"젠장, 젠장."

"무슨 일이 있었던 거야."

"…너는 말해 봐야 안 믿을걸 . 아무도 안 믿어줘."

"말해 봐."

"……."

"그 전장에서 대체 무슨 일이 있었던 거야."

그러자 나르도는 이야기를 시작했다.

그때만 해도 전장에는 70명의 동료가 살아남아 있었다고 한
다. 적을 격퇴하고 간신히 본대와 합류할 수 있을 듯한 지점까
지 전진하는 데 성공했다고 한다.

하지만 그러던 참에 한 남자가 나타났다.

단 한 명의 남자가.

그리고 그 남자는 미소를 띤 채 70명의 템플 기사들을 죽이
고, 그 피를 맛있게 마셨다.

저항은 하지도 못했다는 모양이다.

남자의 움직임은 너무도 빨랐고 그 힘은 너무도 강했다.

그리고 모든 이가 곧장 알아챘다고 한다. 저건 인간이 아니
라는 사실을.

피를 마시는 악마.

흡혈귀라는 사실을.

70명은 순식간에 살해당했다. 중간부터는 저항조차 하지 않
았다고 한다.

"⋯⋯."

같았다.

완전히 같은 이야기였다.

역시 그 남자는 존재했던 것이다. 그 전장에. 그리고 나르도
도 같은 상대를 만났다. 그 검은 옷차림에 갈색 피부를 지닌—.

하지만 그때, 나르도가 말했다.

"그, 은발머리 남자에게, 모두 살해당했어."

"…잠깐, 은발머리?"

"붉은 눈. 하얀 피부. 지금도 생생히 기억나. 히죽히죽 웃는, 경박한, 그러면서도 아름다운 얼굴."

그런 소리를 했다. 그것은 다른 사람이었다. 크롤리가 본 것과는 명백히 달랐다.

하지만 그런 나르도의 등 뒤에 느닷없이 한 남자가 나타났다.

반들반들 윤이 나는 긴 은발머리에 붉은 눈. 투명하리만치 하얀 피부.

페리드였다.

하지만 그는 크롤리의 뒤에 있었을 터다. 좀 전까지만 해도 그의 기척이 등 뒤에서 느껴졌었다.

그러니 그곳에 있는 것은 이상했다. 이 짧은 새에, 다른 장소로 이동할 수 있을 리 없으니.

적어도 평범한 인간이라면.

페리드는 히죽히죽 웃었다. 그의 손에는 나르도의 머리카락이 쥐어져 있었다. 목은 이미 절단되어 있었다. 몸통에서 피가 솟구치고 있었다. 그 모든 움직임이 보이지 않았다.

페리드는 손에 든 나르도의 머리를 보며 말했다.

"멋대로 그러면 쓰나~ 사칭 당한 흡혈귀가 얼마나 기분 나쁘겠어."

그리고는 요염한 복숭아색 입술을 치올리며 이쪽을 쳐다보았다.

그 얼굴을 바라본 채,

"…대체 이게, 어떻게 된 거야?"

크롤리가 묻자 페리드는 웃었다.

"머리를 쓰라고 했잖아?"

"넌 대체, 뭐야."

"네 친구."

"농담은 이제 집어치워. 너도 흡혈귀인 거야?"

페리드는 살며시 미소 지었다.

긍정이었다.

종잡을 수 없었던 이 남자의 정체는 이것이었던 것이다.

아마도 못 이기리라. 움직임이 보이지 않았다. 분명 그는 그 전장에 있던 괴물만큼 강할 것이다.

페리드가 말했다.

"자아, 어쩔래? 드디어 흡혈귀를 발견했어. 그것도 진짜를. 복수할 테다~ 하고 외칠 테야?"

외친들 바뀔 것은 없다. 지금의 자신은 이 녀석을 이길 수 없다. 눈앞에서 동료가 죽어나갔음에도 불구하고.

페리드가 나르도 바인의 머리를 바닥에 내버렸다. 나르도도 예전에는 템플 기사였다. 나르도가 있던 부대도. 알프레드 대장의 지휘하에 있지는 않았지만 얼굴을 아는 자도 있었다.

이 녀석은 동료를 죽였다.

하지만 그럼에도 지금은 복수를 부르짖을 수 없었다. 살해당해 버리면 복수를 할 수 없으니.

그래서 크롤리는,

"…네가 빅터 일행을 죽인 건 아냐. 나르도네 부대와는 그다지 친교가 없었어."

그렇게 말했다.

크롤리의 내면에 자리한 생각이며 분노가 얼마나 감춰졌을지는 알 수 없었다. 좌우간 그는 모든 것을 꿰뚫어보고 말기에.

페리드가 미소를 지은 채 말했다.

"그럼 아직은 친구로 지낼 수 있겠네."

하지만 크롤리는 그 말에 고개를 가로저었다.

"글쎄. 넌 내게 너무 많은 걸 숨겼어. 이렇게 거짓말만 하는 녀석과 친구가 되는 건 무리야."

"그래? 난 거짓말은 그다지 안 한 것 같은데."

"인간조차 아니었잖아."

"네가 나한테 인간이냐고 물은 적이 있던가?"

"……."

"게다가 난 내 입으로 흡혈귀라고 말했잖아~? 못 죽는다고. 하느님한테도 미움을 받고 있다고. 너는 전혀 믿어 주지 않았지만."

확실히 그런 소리를 했던 것 같긴 했다. 그것도 매우 즐거워하며. 계속 장난을 치고 있었던 것이다. 약한 인간이 바보처럼 필사적으로 땅바닥에서 허우적거리는 모습을 보며.

"즐거워 죽을 지경이었겠지."

"응. 너랑 같이 있으면 어째서인지 즐거워."

"그래?"

"그래."

"그렇게 즐겁다면 좀 가르쳐 줘."

"뭐를?"

"내가 전장에서 만난 갈색 피부를 지닌 흡혈귀에 관해서. 너는 그를 알아?"

페리드는 실실 웃었다.

이 녀석은 안다. 아니, 뭐든 다 알 것이다.

"이름은?"

"가르쳐 줘 봐야 못 찾을걸."

"친구라면 가르쳐 줘."

"찾는다 해도 너는 아무것도 못하고 살해당할 거야. 그리고 전에도 말했지만 마음 착한 나는 친구가 살해당하는 걸 눈뜨고 보지 못할 테고."

"헛소리."

"하하하."

페리드는 웃었다. 이렇게 대화를 하고 있자면 너무도 평소와 같아서, 그를 인간으로 착각할 것만 같았다.

하지만 흡혈귀다.

이 녀석은 흡혈귀다.

그리고 곁에 있는 것은. 자신에게 붙어 있는 것에는 뭔가 이유가 있을 것이다.

"있지, 페리드 군."

"왜?"

"목적이 뭐야?"

"감시."

"누구를?"

그러자 페리드가 천천히 숨을 내쉬더니 다시 들이쉬며 이쪽을 가리켰다.

"너. 네가 누군가에게 집착하다 시답잖은 복수로 인생을 날려먹지 않도록 감시하고 있어. 왜, 너는 내 친구잖아. 그럼 내게 집착해야지. 영원히, 나한테만."

그 순간, 저택 밖에서 목소리가 들려왔다.

"나르도 바인! 밖으로 나와라! 네놈을 지르베르 샤르트르 살해 용의자로 체포한다!"

템플 기사단의 목소리였다. 페리드는 닷새 후에 이곳에 올 것이라 했는데, 그것도 거짓말이었다.

오늘이었다. 오늘 체포할 예정이었다. 하지만 안에는 진짜 흡혈귀가 있었다.

지금 안에 들어오면 몰살당할 것이다.

"안 돼! 안에 들어오지 마! 당장 이곳에서 떠나!"

크롤리는 방에 난 창문 쪽으로 달려가며 외쳤다.

하지만 어느샌가 페리드가 그 창문 앞으로 이동해 있었다. 또, 움직임이 보이지 않았다. 너무도 빨라서 움직임이 보이지 않았다.

페리드는 여유로운 표정을 지은 채 즐거운 투로 말했다.

"어이쿠, 크롤리 유스포드 군은 필사적으로 동료들을 구하고자 했지만, 어째서인지 동료들은 믿어 주질 않네."

"닥쳐라, 나르도 바인! 동료를 죽인 살인자! 지금 당장 너를 처형해 주마!"

"아아♪ 아아♪ 알프레드 대장. 또입니다. 또 저는 동료를 구하지 못합니다. 당신의 명령을 지키지 못했습니다. 왜 일이 이렇게 되는 것인지. 신은 대체 어디 계신 겁니까…?"

흡혈귀가 노래하듯 그렇게 말했다.

크롤리는 허리에 찬 검을 뽑았다. 지금, 이곳에 동료들이 오는 일만은 막아야 한다. 또 살해당할 것이 뻔하기에. 아무도 지키지 못해 살해당할 것이 뻔하기에.

온힘을 다해 검을 치켜들었다.

하지만 페리드는 움직이지 않았다. 손가락만으로 크롤리가 든 검을 잡아 간단히 부러뜨렸다. 그렇게 되리라는 것은 알았다. 그때와 같았다. 이미 흡혈귀와는 싸워본 적이 있었다.

인간이 이길 수 있는 상대가 아니다.

하지만 그래도,

"너를 여기서 죽일 필요가 있어!"

부러진 검을 그대로 내질렀다.

페리드는 웃었다.

"그 전장에서도 봤는데, 너는 같은 방식으로 싸웠었지."

간단히 피해버렸다. 검을 든 팔을 붙들렸다. 무시무시한 힘이었다. 뿌리칠 수가 없었다.

반대쪽 손으로 페리드의 눈알을 노렸다.

그런데 페리드는 피하지 않았다.

"좋아, 맞아 줄게."

손가락으로 눈알을 후벼 팠다. 끈적한 액체가 손가락에 들러 붙었다.

하지만 페리드는 웃고 있었다.

미소를 띤 채, 천천히, 눈알을 후벼 판 팔도 붙잡더니 되밀어 냈다. 온힘을 다해 밀고 있음에도 손가락이 빠질 즈음에는 이미 흡혈귀의 눈이 완전히 재생되어 있었다.

진홍빛의, 즐거운 빛이 역력한 아름다운 눈동자가 크롤리를 비추고 있었다.

"얼굴이 새빨개. 설마 눈에 손가락 넣고 흥분한 거야? 변태 같으니."

무시무시한 힘으로 인해 바닥에 무릎을 꿇었다. 아무리 세게 밀어도 꿈쩍도 안 했다.

절대로 못 이기리라.

크롤리는 페리드를 올려다보며 말했다.

"…페리드 군."

"왜애?"

"부탁이 있어."

"말해 봐."

"…내가 졌어. 목숨은 줄게."

"흠."

"그러니 지금 이곳으로 오려고 하는 동료들한테는 손을 대지 말아주겠어?"

"템플 기사들 말이야?"

"그래."

"하지만 넌 이미 템플 기사가 아냐. 네 입으로 그렇게 말했잖아."

"…제발, 페리드 군."

하지만 그 말을 들은 페리드는 빙긋 웃더니,

"그러고 보니 내가 지르베르 군을 죽일 때 그도 같은 소릴 했었지. 동료를 살려달라고. 그의 피는 맛있었어."

그렇게 말했다.

지르베르를 죽였다고.

지르베르를 죽인 것은 이 녀석이었다. 템플 기사단의 음모 같은 것이 아니라, 이 녀석이 죽인 것이다.

그런데 자신은 무슨 짓을 했던가. 템플 기사 동료들에게 대체 무슨 짓을 했던가.

"너 이 자시이이익!"

크롤리는 팔에 힘을 줬다. 역시 움직이지 않았다. 하지만 개의치 않았다. 온몸에 힘을 줬다. 뿌득. 오른팔이 부러지는 소리가 났다. 하지만 그것도 개의치 않았다. 팔을 찢고 이 구속에서 벗어날 것이다.

그리고 죽이리라.

이 흡혈귀를 죽이리라.

페리드가 기쁜 투로 말했다.

"하하, 상당히 내게 집착하게 되었네에."

"…죽인다. 너."

페리드는 말을 이었다.

"뭐어, 그렇게 화내지 말라고. 전부 다 거짓말이었던 건 아니니까. 음모가 있었던 건 사실이야. 내가 죽이지 않았어도 지르베르 군은 언젠가 살해당했을 거야. 주모자들이 나르도 바인에게 그 죄를 뒤집어씌울 계획을 세운 것도 사실이고. 난 그걸 아주 조금 앞당긴 것뿐이야."

더 이상 귀를 기울이지 않으리라. 그럴 가치가 없다. 이 녀석의 말은 죄다 거짓말이다. 진실은 눈곱만큼도 섞여 있지 않았다.

"오히려 주모자들은 동료들 중 누군가가 선수를 쳤다며 좋아라 웃어댔을 정도라고. 그러니 안심해. 너는 무고한 동료를 죽인 게 아냐. 뭐어, 지키지도 못하겠지만."

크롤리는 몇 번이나 쉴 새 없이 몸을 움직였다. 오른팔의 살이, 힘줄이, 찢겨 가는 것이 느껴졌다.

자신에게 화가 났다. 이런 녀석을 조금이라도 믿었던 자신에게. 아니, 지르베르를 외면하고 템플 기사단에서 도망쳤던 자신에게.

자신이 도망치지 않았다면 일이 이렇게 되지는 않았으리라.

자신이 신을 잃지 않았더라면. 이것은 벌이다. 벌이 틀림없다.

페리드는 크롤리의 어깨를 본 채 눈살을 찌푸렸다.

"안 아파?"

"죽여 버리겠어."

"어떻게? 흡혈귀에게는 은으로 만든 무기밖에 안 먹혀. 은이 아니면 검으로 베건 도끼로 찍건, 나는 죽지 않아. 하지만 너는 은으로 된 무기가 없잖아?"

그렇게 말했다.

은. 은으로 된 무기가, 효과가 있다고. 그리고 그러한 이야기는 크롤리도 들어본 적이 있는 것 같았다. 어릴 적에 들었던 옛날이야기였는지, 아니면 술집에서 들은 주정뱅이들의 헛소리였는지.

밤을 걷는 괴물은 은으로 된 무기로만 죽일 수 있다.

크롤리는 페리드를 노려본 채, 몸에 힘을 주는 것을 관뒀다.

그러자 페리드가 고개를 갸웃했다.

"왜? 저항은 끝이야?"

"어차피 너한테는 못 이겨."

"그거 유감이네. 저항하지 않는 먹잇감을 죽이는 일은 전혀 흥분되지 않는데."

"그럼 놓아줘."

"안 되지."

"그럼 어쩌게?"

"널 먹어 버릴 거야."

그대로 크롤리를 쓰러뜨렸다. 손을 풀어 주더니 어깨를 붙잡았다.

페리드의 새빨간 입술 사이로 날카로운 이빨이 튀어나왔다. 그 이빨이 목으로 다가왔다.

흡혈귀에게 피를 빨리는 것은 이번이 두 번째다.

그 전장에서도 한 번 경험했었다.

피를 빨릴 때면 이상한 쾌감이 느껴졌다. 크롤리는 그 사실을 알았다. 죽음에 대한 공포와 압도적인 쾌락이 뒤섞여 사고가 정지되고 만다.

그러니 그 쾌락에 대비할 필요가 있었다.

뇌를 마비시킬 정도의 쾌락에.

왜냐하면 아직,

"……."

그는 포기하지 않았기 때문이다.

목덜미 부근에서 페리드가 말했다.

"잘 먹겠습니다~"

이빨이 목에 꽂혔다.

동시에 크롤리는 왼손을, 몰래 페리드의 품속에 집어넣었다. 안에는 은으로 된 바늘이 있을 것이다.

살해당한 조금사가 만든, 은.

흡혈귀를 죽일 수 있는 은으로 된 무기가….

목에서 페리드가 세차게 피를 빠는 소리가 들리기 시작했다.

쪽, 쪼옥, 쪼오오오오오오오옥.

피가, 생명이, 빨려나간다.

죽음이 다가왔다. 눈앞이 어두워졌다.

그리고 뇌가 마비될 정도의 쾌락이 온몸을 관통했다.

"크…으, …아."

목소리가 입에서 새어나왔다. 이대로 살해당해도 좋다는 생각이 들 정도의 쾌감이 밀려들었다.

하지만 그럼에도 그는 왼손에 힘을 줘서.

은으로 된 바늘을 힘껏 움켜쥐었다.

기회는 한 번뿐이다. 한 번 실수하고 나면, 자신에게는 페리드를 죽일 힘이 남아 있지 않을 것이다.

그래서 머릿속으로 동작을 세 번 확인했다. 은으로 된 바늘을 품안에서 뽑아, 그것을 페리드의 목에 꽂는 동작을.

할 수 있다.

그렇게 생각했다.

페리드는 정신없이 피를 빨고 있으니 분명 할 수 있을 것이다.

그렇게 생각했다.

그는 쾌락에 몸을 맡긴 척, 파르르 떨며 품안에서 은으로 된 바늘을 뽑았다.

그리고 그 은으로 된 바늘을 페리드의 목에 꽂았다.

찰나의 순간에 벌어진 일이었다.

은으로 된 바늘은 쑥, 하고 간단히 목에 박혔다.

"…에."

순간, 페리드는 놀란 듯 탄성을 흘렸다.

하지만 크롤리는 은으로 된 바늘을 더욱 깊숙이, 페리드의 뇌 쪽에 꽂히도록 꾹 밀어 넣었다.

순간적으로 페리드가 목을 붙잡은 채 그 자리에서 펄쩍 뛰어 물러났다.

"너, 너, 대체 무슨 짓을 한 거야….."

이쪽을 노려본 채, 목에 꽂힌 은으로 된 바늘을 뽑았다.

"으, 은?! 이거 은인가?! 이런 걸로 나를 찌르… 우, 우, 우와
아아아아아아아아아?!"

흡혈귀가 절규했다. 목을 부여잡은 채, 괴로운 듯 바닥을 나
뒹굴었다.

아무래도 효과가 있는 모양이었다. 귀를 찢는 듯한 그 목소
리를 들은 크롤리는 웃으려 했다.

"……."

하지만 목소리는 나오지 않았다. 이제 대답할 만큼의 힘도
남아 있지 않았다. 피를 너무 빨렸다. 아마 자신은 곧 죽을 것
이다. 팔도 움직이지 않았다. 목에 건 묵주를, 움켜쥐지도 못
하리라.

하지만 그럼에도 어째서인지 마지막 순간에 신이 미소를 지
어 줬다는 생각이 들었다.

위험한 괴물을 죽이기 위한 힘을 신이 자신에게 내려주셨다
는 생각이 들었다.

문득, 로이 루랜드가 했던 말이 떠올랐다.

'우리가 살아남은 것에는 이유가 있어.'

지르베르가 죽은 것에도.

빅터가 살해당한 것에도.

자신이 오늘까지 살아남은 것에도 뭔가 이유가 있는 것이라면, 자신은 그 신의 뜻을 성취해낸 것일까?

"……."

그는 그런 생각을 하며 괴로운 듯 땅바닥을 데굴데굴 구르는 흡혈귀를 바라보았다.

"크아아아아아아, 아아아아아아, 아아아아아아아아아아."

페리드가 외쳤다.

"이놈, 인가아아아안! 마지막, 순간에, 가장, 좋을 때에에에에에에에에에에."

원망스럽다는 듯 외쳤다.

"이런 곳에서어어어어어어어―."

하지만 그때, 갑자기 외치다 말고 고개를 번쩍 들었다.

그 얼굴에는 미소가 걸려 있었다.

그리고.

"아아, 아아, 정말, 이렇~게 궁지에 몰린 마지막 순간에도 내게 은이 먹힐 거라는 어린애도 안 속을 거짓말을 믿어 버리다니, 넌 정말 날 신뢰하고 있었구나. 솔직히 말해서 쑥스러울 정도야. 고마워."

기쁜 투로 그렇게 말했다.

가볍게, 춤이라도 추듯 과장스러운 동작으로 일어났다.

은으로 된 무기는 전혀 통하지 않았다.

괴물은 안 죽는다.

하지만 자신은 죽는다.

아무것도 해내지 못한 채, 아무런 의미도 없이.

"……."

페리드가 신이 나서 다가와 웅크려 앉았다. 쓰러진 크롤리를 들여다보며 가슴께에 자리한 묵주를 매만졌다.

"아아, 신을 원망하면 못 써. 그분은 바쁘시거든."

한없이 사람을 우습게 만드는 남자였다. 자신에 관한 것이라면 뭐든 다 꿰뚫어볼 수 있다는 듯한 얼굴이었다.

하지만 그 얼굴을 보는 것도 이로써 끝이다. 의식이 몽롱해졌다.

죽음이.

어둠이 찾아오려 했다.

이런 자신도 신의 곁으로 갈 수 있을까.

페리드가 말했다.

"아아, 죽어 버릴 것 같네. 너와 보낸 시간은 즐거웠는데. 인간의 생명은 정말로 덧없다니깐."

그는 정말로 유감이라는 표정으로 말했다. 그러고는 그대로

얼굴을 바짝 들이대더니,

"어때? 내가 원망스러워? 아직도 죽이고 싶어?"

"······."

"뜨거운 복수심이 타오르고 있어?"

"······."

"지금부터 또, 네 동료들을 죽일 거야. 그리고 도시로 돌아가서, 너와 인연이 있는 인간은 몽땅 다 죽이고···."

하지만 거기서 페리드는 말을 그쳤다. 황홀한 표정으로.

"눈에 힘이 돌아왔네. 삶에 대한 갈망이 느껴져. 아직 살고 싶다. 살아서 복수하고 싶다는 갈망이. 후후후, 나만을 생각하는 얼굴이야."

"······."

"줄게. 네가 진심으로 바란다면, 힘을 줄게—."

페리드는 품속에서 투명한 병 같은 것을 끄집어냈다.

뭔지 모를 액체가 그 안에서 출렁이고 있었다. 그것을 두어 번 흔들어 억지로 크롤리의 입에 들이부었다.

몸 안으로, 무언가가 들어오는 것이 느껴졌다.

결코 들어와서는 안 될 무언가가.

액체가 목구멍을 지나는 것이 느껴졌다.

식도를, 위를, 장을, 세포를 점령해 나가는 것이 느껴졌다.

쿵덕쿵덕. 심장이 뛰었다. 조금 전보다 빠르게, 더 빠르게, 아파올 정도로 펄떡대기 시작했다.

동시에,

"으, 아."

목소리가 나오게 되었다. 이미 몸 안에 있던 힘은 모두 쥐어짜냈을 텐데.

"무, 무슨 짓을 한 거야."

크롤리는 페리드를 보며 말했다.

페리드는 웃을 뿐이었다.

"무슨 짓을 한 거야!"

쿵덕, 쿵덕. 심장이 뛰었다. 심장은 가슴에서 튀어나와 버리는 것이 아닐까 싶을 정도로 강하게, 더 강하게, 큰소리로 뛰다가 이내 쿵, 하고 한 차례 세게 뛰는가 싶더니 멈춰 버렸다.

그것이 느껴졌다.

온몸을 흐르던 피가 멈췄다.

내장의 움직임도 멈췄다.

생명의 광채가 꺼졌다.

죽었다.

자신은 죽고 말았다.

그런데 크롤리는 자신이 죽었다는 사실을 알 수 있었다.

"우, 으….""

공포가 밀려들었다. 엄청난 공포였다. 죽었을 텐데, 아직 살아 있다는 것에 대한 공포.

"우와아아아아아아아아아아아아아아아아?!"

비명을 질렀다.

육체가 정체를 알 수 없는 무언가로 덧칠되어 갔다. 고통이 느껴졌다. 자신이 괴물이 되어가는 고통이.

심장은 멈췄건만 일찍이 맛본 적이 없는 고통이 밀려들었다.

"아, 으, 아… 으아, 아아아아."

"…이야~ 아파? 하지만 그렇게 고통을 느낄 수 있는 건, 이게 마지막이니 실컷 맛보라구."

"우아아아아아아아아아아아아아아아아."

"뭐어, 곧 의식을 잃겠지만. 그러고서 자고 일어나면, 모든 것이 바뀌어 있을 거야. 그러고 나면 쫓아. 복수해야 할 상대를. 너의 소중한 인간들을 몰살한, 증오스러운 상대를—."

페리드가 말한 순간, 목소리가 들려왔다. 템플 기사단이 이 방 입구까지 온 것이다.

옛 동료들이.

"…그, 그만둬."

크롤리는 말했다.

"제발."

하지만 페리드는 웃을 뿐이었다.

그리고 다시 의식이 몽롱해지기 시작했다.

뇌가 죽으려 하고 있었다. 자신의, 인간이고자 하는 부분이 죽으려 하고 있는 것이 느껴졌다.

다른 무언가가 되려고 있었다.

인간이 아닌.

꺼림칙한.

전혀 다른—

그리고 크롤리는 의식을 잃었다.

◆　◆　◆

눈을 떠보니 밤이었다.

"……."

크롤리는 천천히 몸을 일으켰다. 죽어가고 있었던 자신의 몸이 어째서인지 깃털처럼 가벼웠다.

주변을 둘러보았다. 불은 밝혀져 있지 않았다. 창밖에는 비가 내리고 있고, 하늘은 검고 두꺼운 구름으로 뒤덮여 있어 달빛조차 비추지 않았다.

광원이 될 만한 것은 거의 없었다. 아마 평범한 인간이라면 이런 환경에서는 아무것도 보이지 않을 터다.

하지만 어찌된 일인지 그는 주변 환경을 똑똑히 인지할 수 있었다.

밤을, 깜깜한 방을, 모든 것을 대낮처럼 볼 수 있었다.

아니, 눈에 비치는 풍경 자체가 지금까지와는 전혀 달라 보였다.

세상이 지닌 색채가 더욱 짙게, 보다 또렷하게 보였다.

어둠의 농담(濃淡)이. 바람의 움직임이. 자연의 모든 것을 이전보다 명확하게, 아름답게 볼 수 있었다.

만약 이전의 자신이 그것을 봤다면, 감동에 몸을 떨며 눈물을 흘렸을지도 모른다는 생각이 들 정도로, 평소와 다를 바 없는 밤의 풍경이 아름다워 보였다.

하지만 지금은 그것을 보고도,

"…아무것도 안 느껴져."

크롤리는 작은 소리로 중얼거렸다.

그리고 목에 건 묵주를 오른손으로 쥐었다. 그러자 알 수 있었다. 가슴 속에 자리한 심장이 멎어 버렸다는 사실을.

소리에도 민감해졌다. 의식을 집중하면 이 저택에서 뛰어다

니는 쥐와 벌레의 발소리까지 들렸다.

하지만 아무리 귀를 기울여보아도 자신의 안에서 심장이 뛰는 소리나 혈액이 움직이는 소리는 들리지 않았다. 느껴지는 것은 오로지 갈증뿐이었다. 지독한 갈증뿐이었다. 무엇을 그렇게 마시고 싶은 것인지는 알 수가 없었다.

하지만 목이 말랐다.

목이 말랐다.

갈증이 났다.

"……."

크롤리는 자리에서 일어났다. 몸을 조금 움직여 보았다. 그러고 보니 오른쪽 어깨는 부러졌을 터였다. 힘줄도 끊어졌었다.

하지만 지금은 아무 일도 없었던 것처럼 움직였다. 자신의 목을 만져보았다. 거기에는 페리드에게 물린 자국이 나 있어야 했지만 역시나 상처가 없었다.

꼭 흡혈귀처럼 상처가 모두 수복되어 있었다.

"…나는, 흡혈귀가 된 건가."

그렇다면 이 갈증은 피에 대한 갈증일 것이다.

피에 대해 생각하자 순간적으로 온몸이 바르르 떨려올 정도의 강렬한 갈증이 느껴졌다.

피를 마시면 분명 크나큰 쾌락을 얻을 수 있으리라. 본능적으로 그 사실을 알 수 있었다.

그곳은 나르도 바인의 저택이었다. 나무통이 잔뜩 놓여 있었다. 그 안에는 피가 들었을 것이다. 하지만 그 피에는 끌리지 않았다. 썩은 피는 마실 수 없는 모양이었다.

방의 입구에는 시체가 산을 이루고 있었다.

이곳으로 밀어닥친 템플 기사단의 시체였다. 그 수는 스물 이상. 머리, 손발이 뿔뿔이 흩어져 있었다.

그들 대부분의 얼굴을 알았다.

옛 동료들이었다.

그들을 쳐다보았다.

옛 동료들은, 그 전장에서 겨우 살아 돌아왔음에도 지르베르를 함정에 빠뜨리려 한 끝에 전혀 명예롭지 않은, 아무도 모르는 곳에서 괴물에게 살해당했다.

그것은 너무도 우스꽝스럽고 의미 없는 이야기였다. 모처럼 괴물이 등장해 주었건만, 인간측에도 정의가 없었으니.

그런 동료들의, 공포로 일그러진 얼굴을 보았다. 지르베르와 같은 표정으로 죽었다. 절망이라는 것을 직접 눈으로 본 듯한 그 얼굴을 쳐다보며,

"…복수해 줄까?"

크롤리는 물었다.

"그 괴물에게, 복수해 줄까?"

대답은 없었다.

당연한 일이었다.

죽었으니.

하지만, 그들이 죽은 원인은 크롤리에게 있었다. 그가 묘한 괴물의 눈에 든 탓에 그들은 살해당했다.

이유는 모르겠으나 페리드는 그와 인연이 있는 자들을 모두 죽일 셈인 듯했다. 그렇다면,

"…젠장. 조제와 머룬도 위험해."

얼굴을 찌푸리고서 중얼거렸다.

이미 늦었을지도 모르지만.

크롤리는 몸을 숙여 시체가 된 동료가 차고 있던 검을 집어 허리에 찼다.

쏟아지는 비가 마치 멈춰 있는 것처럼 보였다. 지금이라면 비를 모조리 피할 수도 있을 것 같았다. 이 정도의 힘이 있으면 싸울 수 있을지도 모른다.

복수다.

괴물을 퇴치하는 것이다.

"…이제는 나 자신이 신께 사랑받지 못할 괴물이 되었지만."

아무리 생각해도 이것은, 몹시 우스꽝스러운 이야기였다.

◆　◆　◆

늦은 밤.

집으로 돌아왔다. 밤이 깊었건만 머룬의 모습은 보이지 않았다.

"머룬! 없냐!"

대답은 없었다.

"조제는!"

아무도 대답하지 않았다.

집에서 나와 페리드의 저택으로 향했다. 금방 저택에 도착했다.

그는 말보다도, 바람보다도 빨리, 마치 하늘을 날 듯 달릴 수 있었다.

이제 인간이 아닌 것이다.

추악한 흡혈귀.

목이 말랐다.

무척 목이 말랐다.

"페리드 바토리!"

저택 문을 한 차례 세게 두드렸다. 안으로 들어갔다. 저택 안은 텅 비어 있었다. 음란한 옷을 입은 남녀의 모습은 이제 보이지 않았다.

하지만 일전에 둘이서 술을 마시며 대화했던 큰 방 식탁 위에 조제가 누워 있는 것을 발견했다.

처음에는 죽은 줄만 알았다. 하지만 조제의 심장소리가 들렸다. 혈액이 온몸을 타고 흐르는 소리도.

피 소리.

맛있을 것 같은 피 소리.

"큭."

자신도 모르게 침을 삼키고 있었다.

몸이 피를 원하고 있었다. 피가 부족하다. 압도적으로 피가 부족하다.

피를 마시지 않고서는 제정신을 유지할 수 없을 듯했다.

시야가 좁아졌다. 자신의 눈이, 먹잇감을 노리듯, 조제의 하얀 목만을 쳐다보게 되었음을 알아챘다.

"……."

그때, 목소리가 들려왔다.

큰 방 안쪽에서.

"너도 마셔."

페리드의 목소리였다.

손에 머룬이 안겨 있었다. 머룬의 목에서는 피가 흐르고 있었다. 마신 것이다. 피를. 머룬의 표정은 황홀해 보였다. 하지만 생기가 없는 창백한 얼굴을 하고 있었다.

"…죽인 거냐?"

그렇게 묻자 페리드는 미소를 지으며 머룬을 아무렇게나 바닥에 내버렸다.

"죽을 때까지 마시는 게 제일 맛있어. 너도 곧 누군가를 죽이게 될 거야."

"널 죽여 주마."

페리드는 좋아라고 두 팔을 펼쳤다.

"죽여서 어쩌게? 그게 과연 정의일까?"

"괴물 한 마리가 이 세상에서 사라지겠지."

"하긴, 지금은 한 마리가 늘어나 버렸으니까. 아, 흡혈귀의 세계에 온 걸 환영해, 크롤리 군."

크롤리는 허리에 찬 검에 손을 걸쳤다.

페리드가 웃었다.

"그 검은 은으로 된 거 맞아?"

누굴 바보로 아나. 크롤리는 페리드를 노려보며 말했다.

"흡혈귀에게 은은 안 통해."

"하하. 하지만 햇볕은 통해. 쐬면 넌 죽을걸. 그러니 이 고리 받아. 흡혈귀의 몸으로도 낮에 돌아다닐 수 있게 될 거야."

발치에 팔찌 같은 것을 던졌다. 고리가 바닥에 맞고 튕겼다.

한 번. 두 번. 세 번 튕긴 참에 크롤리는 달려 나갔다. 검을 뽑았다. 똑바로 페리드의 목을 향해 내질렀다.

"큭, 빨라."

페리드의 표정에서 여유가 사라졌다. 한 걸음 물러났다. 그 동작을 눈으로 쫓을 수 있었다.

페리드는 물러나 바닥을 찼다. 천장으로 뛰었다. 천장에 착지해 이쪽을 내려다보았다.

크롤리는 그 얼굴을 올려다보며 검을 내질렀다.

페리드는 손으로 그 검을 잡아 부러뜨리려 했다.

하지만 크롤리는 부러뜨리게 두지 않았다. 검을 그어 그대로 손가락을 자르려 했다.

그러나 그때,

"아, 그건 소용없어."

페리드가 웃으며 손가락을 자르게 두었다. 손가락 두 개가 허공을 날았다. 하지만 그뿐이었다. 페리드의 반대쪽 손이 크롤리의 안면에 꽂혔다.

"커억."

무시무시한 충격이었다. 인간이었다면 박살이 났을 것이다. 바닥에 다리가 박혔다. 순간적으로 몸을 움직일 수 없게 되었다.

"젠장!"

어떻게든 탈출하고자 하던 중에 페리드에게 검을 빼앗겼다. 그는 어깨에서 몸통 쪽으로 검을 내리쳤다.

썩, 하는 기묘한 소리가 자신의 몸에서 났다. 몸이 절반으로 찢어져 바닥에 떨어졌다.

하체의 감각이 사라졌다.

나아가 페리드는 그의 상체를 걷어찼다. 몸이 데굴데굴 땅바닥을 나뒹굴었다.

페리드의 목소리가 쏟아져 내렸다.

"이제 막 흡혈귀가 된 너를 위한 첫 번째 가르침이야. 흡혈귀 간의 싸움에서는 손가락을 베어도 의미가 없어. 금방 붙어 버리니까."

그는 손가락을 주워서 접합했다. 순식간에 수복되었다.

"그러니 이건 치명상이 되지 않아. 하지만 네 건 치명상이지. 몸통이랑 하체를 접촉시키면 붙기야 하겠지만, 못 움직이겠지?

크롤리는 남은 오른팔로 바닥을 때려 하체가 있는 쪽으로 돌아가려 했지만 또다시 걷어차였다.

"아직 안 돼~ 내 주옥같은 강의를 좀 더 들으라고."

하지만 그럴 여유는 없었다. 절단 부위에서 피가 흘러나가고 있는 탓에 갈증이 더욱 강해졌다. 미쳐 버릴 정도로 강한 갈증이 느껴졌다.

피.

피다!

피가 부족해!

"…허억, 허억, 허억."

"힘들어? 그래. 우리에게 필요한 건 피뿐이야. 마시지 않으면 정신을 놓게 되지."

"…허억, 허억, 허억."

"그대로 방치하면 너는 제정신을 잃어 더욱 지독한 괴물이 될 거야. 영원한 고통 속을 방황하는 괴물. 그건 권장하지 않겠어. 그러니 피는 꼭 마셔. 네 몫은 식탁에 준비해뒀어."

크롤리는 식탁 위를 보았다. 그곳에는 식량이 놓여 있었다.

조제다.

조제가 누워 있었다.

그 목을 보았다. 경동맥이 또렷이 보였다. 그 안을 흐르는 피도. 아름답다. 그것이 무척 아름다워 보였다.

페리드가 다가와서는 이쪽을 빤히 들여다보았다.

"어때, 흡혈귀의 세계는?"

"죽여."

"즐겁지?"

"죽여줘."

"유감이지만 흡혈귀는 못 죽어. 하느님께 미움을 샀거든. 긴 삶 끝에 미쳐 괴물이 되거나, 목적 없이 영원히 사는 수밖에 없지. 하지만 너는 이제 막 흡혈귀가 됐으니 목적을 줄게. 나를 쫓아 찾아내서 복수한다는 목적을 말이야."

그렇게 말하고서 등을 돌렸다.

하지만 그 다음 말은 들리지가 않았다. 피. 피가 필요하다. 그 생각만이 머릿속을 맴돌았다.

페리드는 어느샌가 떠나가고 없었다.

크롤리는 한 팔로 바닥을 기어, 자신의 하체를 붙잡았다. 그대로 몸통과 맞췄다. 순식간에 수복되었다. 하체의 감각이 돌아왔다.

하지만 그런 것은 아무래도 좋았다.

압도적으로 피가 부족했다.

눈이 조제 쪽으로 돌아갔다.

이 녀석의 피를 마시면.

"……."

하지만 그때, 조제가 눈을 떴다.

"…음."

가늘게 눈을 뜨고 이쪽을 보려 하는 것이 보였다.

하지만 이런 모습은 보이고 싶지 않았다. 동료들을 지키지 못하고, 죽게 둔 것도 모자라 흡혈귀가 되어 버린 자신을, 아무것도 모르는, 아직 무구한 종기사에게 보이고 싶지 않았다.

그래서 그는 도망쳤다.

낮에도 돌아다닐 수 있게 해 준다는 고리를 주워들고, 저택에서 뛰쳐나가 어둠 속으로.

복수할 것이다.

페리드 바토리에게.

자신을 이딴 괴물로 만든 흡혈귀를 죽일 것이다.

◆ ◆ ◆ ◆

그 후, 세월은 쏜살같이 흘렀다.

1년.

5년.

10년.

20년까지 헤아리다가 바보 같다는 생각이 들어 헤아리기를 관뒀다.

자신은 아무래도 나이를 먹지 않는 듯했다. 겉모습도 전혀 변하지 않았다. 시간감각이 인간이었을 때와는 달랐다. 낮인지 밤인지도 모르는 상태로 지내다 정신이 들어보면 1년이 지나 있었다.

수십 년 전에 있었던 일이 마치 어제 있었던 일처럼 느껴졌다. 하지만 실제로는 시간이 흘러, 도시와 사람은 성장했고 세상 역시 크게 변해갔다.

변하지 않는 것은 자신뿐이었다.

오로지 페리드 바토리에게 복수하기 위해 여행을 계속했다.

도중에 몇몇 흡혈귀들을 만났다. 아무래도 이 세상에는 상당히 많은 흡혈귀가 존재하는 듯했다.

흡혈귀들에게도 서열이 있다는 사실도 알게 되었다. 게다가 규칙도 있었다.

새로운 흡혈귀를 만들어도 되는 것은 귀족이라 불리는 계급에 속한 흡혈귀뿐이라는 것.

그 중에서도 상위 20위까지의 랭크에 속한 귀족들은 막대한 권력을 지니고 있다는 사실도 알게 되었다. 가르쳐 준 것은 제

11위 시조(始祖)인가 하는, 거창한 계급을 지닌 흡혈귀였다.

이름이 뭐였는지는 잊어버렸지만, 무척이나 거만해 보였다. 그가 다스리는 영지에는 흡혈귀가 몇이나 있었고 모두가 그를 숭배하고 있었다.

그 흡혈귀는 이렇게 말했다.

"주인도 모를 신참 흡혈귀가 내게 검을 겨누다니, 무슨 짓이냐? 나는 제11위 시조다."

그렇게만 말해도 알아듣겠지 싶은 말투였다.

하지만 크롤리는 전혀 알아듣지 못했다. 좌우간 신참이기에. 그래서 목을 날려 주었다. 목을 날리면 몸은 안 움직인다. 햇볕을 막는 고리와도 떨어지게 된다. 햇볕 아래 얼마간 내버려두면 흡혈귀라 한들 죽을 수밖에 없을 것이다.

목만 남은 제11위 시조는 고함을 쳐댔다. 어째서 그만한 힘이 있는 것이냐고. 흡혈귀 세계를 제대로 알지도 못하는 어린 흡혈귀에게 그런 힘이 있을 리가 없다고.

흡혈귀의 힘은 힘을 준 것이 누구인가 하는 것과 살아온 세월의 길이로 어느 정도 결정되는 모양이었다.

남자는 외쳤다.

"대체, 네 주인은 누구냐?!"

그 말을 들은 크롤리는 자신을 흡혈귀로 만든 남자의 이름을 말했다. 그리고 어디 있는지를 물었다. 새로운 흡혈귀를 만날 때마다 그는 그렇게 했다.

─페리드 바토리가 있는 곳을 아나?

제11위 시조는 페리드의 이름을 알고 있었다. 그리고 그 이름을 듣자마자 고함을 쳤다.

"거짓말 마라! 그럴 리가 있나! 페리드 님은 제7위다. 제7위에게 피를 받았다면 넌 기껏해야 13위의 힘밖에 없었을 거다!"

대체 무엇을 어떻게 계산한 것인지는 알 수 없었지만, 요컨대 그가 힘을 부여받은 것은 더 지위가 높은 흡혈귀였다는 뜻인 듯했다. 그리고 아무래도 그 차이는 절대적인 힘의 차이로 이어져야 마땅한 모양이었다. 13위와 11위 사이에는 커다란 차이가 있어야 한다는 것이다.

하지만 크롤리는 그 남자의 힘에 위협을 느끼지 못했다. 오히려 느리다고 생각하기까지 했다.

"사실대로 말해라! 너는 대체, 정체가 뭐냐!"

그렇게 물은들 그것을 가장 알고 싶은 사람은 자신이었다.

페리드가 자신에게 대체 무슨 짓을 한 것인지.

흡혈귀 남자는 햇볕을 쬐고 재가 되었다.

크롤리는 아직 살아있었다.

◆ ◆ ◆

방랑의 시간이 이어졌다. 얼마나 오랫동안 낮과 밤을 걸었는지 알 수 없었다. 그렇게 전 세계를 돌아다녔다.

대륙을 횡단하고 바다를 건넜다.

어딜 가나 인간이 하는 짓은 똑같았다.

힘과 권력을 손에 넣기 위해 서로 죽고 죽였다. 이유는 그때마다 달랐다.

믿는 신의 이름마저도 바뀌었다.

하지만 하는 짓은 같았다. 자신들의 대의를 부르짖으며 누군가를 죽였다.

한편, 흡혈귀들은 어떠한가.

몇 년에 한 번꼴로 흡혈귀와도 조우했지만 흡혈귀는 늘 아무것도 하고 있지 않았다.

그저 영원히 이어지는 따분한 나날을 보낼 뿐이었다.

그리고 자신도 그러했다. 만약 페리드를 쫓는다는 목적이 없었다면 이 공허하고, 따분한 하루하루에 미쳐 버렸을지도 모른다.

그는 그렇게 생각했다.

문득 생각이 나서 전장을 걸었다.

수많은 인간들이 무참하게 죽어 있었다. 역시나 종교, 사상, 피부색, 정의가 다른 자들의 싸움이었다.

자신도 예전에는 이곳에서 목숨을 걸고 싸웠다.

동료를 지키기 위해.

대의를 지키기 위해.

신앙을 지키기 위해.

기도가 부족한 탓이었는지 신은 눈길조차 주지 않으셨다. 정의가 대체 어디에, 누구에게 있는지도 몰랐다. 정의는 고사하고 지금은 그 모든 것들이 식량으로만 보이게 되었다.

맑은 날 정오를 넘긴 시간대에 흡혈귀가 무심하게, 무수히 많은 인간들의 시체 속을 걸었다.

그것은 너무도 이상한 광경이었다. 이토록 많은 인간들을 죽이는 존재는 인간들뿐이었고, 자신은 이미 인간이 아니었다.

"……."

얼마간 걷다 보니 한 중년 남자가 쓰러져 있었다. 나이는 40대 정도 되어 보였다.

손에 깃발을 쥐고 있었다. 붉은 바탕에 하얀 십자가— 십자군의 깃발이었다.

이건 십자군 전쟁인 것이다.

깃발을 쥔, 콧수염을 멋들어지게 기른 남자의 얼굴을 내려다보았다. 그를 보러온 것이었다.

그는 죽어가고 있었다. 배에 검이 꽂혀 있었다. 그럼에도 깃발은 버리지 않았다. 십자군의 깃발을 놓지 않는 것이 자신의 긍지라는 양.

남자가 이쪽을 올려다보며 연약한 목소리로 말했다.

"…나는, 꿈을, 꾸고 있는 건가?"

"……."

"왜, 크롤리 님이, 이곳, 에… 수십 년 전에, 사라져 버리셨는데…."

"……."

"아아, 하지만 역시 꿈, 이려나… 크롤리 님의, 모습이, 그 시절과 똑같은 걸 보니…."

남자는 피를 토했다. 몇 번인가 기침을 하며 급속히 생기를 잃어갔다.

하지만 그럼에도 남자는 이쪽을 올려다보며 울 것만 같은, 기쁜 표정으로 말했다.

"…아니, 꿈이면, 어때. 크롤리 님. 들어주십시오. 그 후로도, 저는, 크롤리 님이 가르쳐 주신 대로, 검술 훈련을, 계속해서…"

"……."

"열심히… 했습니다. 다섯 시간. 빼먹은 날도, 있었지만, 매일, 계속…"

또 피를 토했다.

훈련 같은 것은 의미가 없다. 결국 인간은 언젠간 죽게 되어 있으니. 동공이 확장되어갔다. 아마 이제 눈도 보이지 않을 것이다.

하지만 남자는 마지막 힘을 쥐어짜내어 말했다.

"…크, 로올리 님… 저, 저는… 저는, 훌륭한 기사가… 된 걸…"

하지만 남자는 말하던 도중에 죽었다.

크롤리는 그것을 내려다보았다. 그 시체를. 그리고 자신이 목에 걸고 있던, 자신이 가장 훌륭하다고 생각했던 기사의 묵주를 벗어다 남자 위에 올려놓았다.

"적어도, 너는 전장에서 죽었어. 이제 죽을 수도 없게 된 나 같은 놈보다 훨씬 더 훌륭한 기사야."

그리고 손으로 남자의 눈을 감겨주며 말했다.

"그러니 안심하고 쉬어라. 조제."

◆ ◆ ◆

페리드 바토리의 정보를 손에 넣은 것은 또다시 수십 년이나 흐른 뒤였다.

그것은 우연이었다. 어느 대륙에 자리한 도시에 창관(娼館)이 있었다.

그 창관의 주인은 대부호이자 변태로, 수많은 소년소녀들에게 음란한 복장을 입혀 거느리고 있다고 한다.

그 이야기를 들은 크롤리는 그리로 향했다. 저택을 보자마자 페리드가 있다는 확신이 들었다. 예전에 보았던 그의 저택과 똑같았던 것이다.

문 앞에 서자 마치 그가 오리라는 것을 알았다는 듯 사용인이 마중나왔다. 거의 투명한 천을 걸친 반라의 소녀가 말했다.

"잘 오셨습니다, 크롤리 유스포드 님. 주인님께서 기다리십니다."

그 말을 들은 크롤리는 물었다.

"주인의 이름은?"

"페리드 바토리 님이십니다."

드디어 찾아냈다. 대체 얼마나 시간이 걸린 것일까.

저택 안으로 들어갔다. 내부도 예전과 거의 비슷했다. 나라가 다른지라 건축양식이 다르기는 했으나 분위기는 같았다.

휘황찬란한 장식에 단정한 용모의 남녀.

그러고 보니 페리드는 그들을 안지 않겠느냐는 소리를 했다. 농담이겠거니 했지만 지금은 그 말이 진담이었다는 것을 알았다.

그는 이제 여자가 되었건 남자가 되었건 인간을 안지 않는다. 마실 뿐이다. 피를.

안쪽에 자리한 방으로 들어갔다. 집무실 같은 곳이었다. 고풍스러운 분위기의, 나무로 된 커다란 책상이 놓여 있는 그곳에서 그 남자가 기다리고 있었다.

은발의 긴 머리에 붉은 눈동자. 하얀 피부. 마치 가면 같은 빈정대는 듯한 미소.

페리드 바토리였다.

그로부터 수십 년이 흘렀건만 그도 겉모습은 변하지 않았다. 20대 중반 무렵의 모습 그대로였다.

페리드는 이쪽을 보며 말했다.

"여어, 오랜만이야. 누구였더라?"

크롤리는 대답했다.

"기억 안 나?"

"응. 전혀."

"그렇구나. 이상하네. 입구에서 내 이름을 말하던데."

"어라, 그랬어?"

"응. 날 기다렸다며?"

페리드는 미소를 지었다.

"그렇지, 뭐. 좌우간 나는 친구가 적거든."

"난 네 친구가 아닌데."

"에~ 그럼 뭘 하러 온 건데?"

"널 죽이러."

"헤에. 죽일 수 있을까."

"꽤 오래 살아서 조금은 강해졌어."

크롤리는 허리에 찬 검으로 손을 가져갔다. 그 검은 제11위라 했던 흡혈귀에게서 빼앗은 물건이었다. 흡혈귀의 피를 빨아 소유자의 신체능력을 대폭 상승시키는 검이었다.

페리드는 그 검을 보며 말했다.

"그건 귀족만 갖고 있는 검인데. 어디서 손에 넣었어?"

크롤리는 그 말에 대답했다.

"죽여서 빼앗았지."

"꺄~ 살인자."

"정확히는 흡혈귀 살해자야."

"하지만 너는 이미 사람도 죽였잖아? 피를 마시지 않았다면 제정신을 유지하고 있을 리가 없어. 오늘까지 몇 사람의 피를 빨아 봤어?"

그렇게 물어 왔지만, 이미 셀 수 없을 정도로 많은 인간의 피를 빨며 살아온지라 대답할 수가 없었다.

자신은 이미 50년 이상이나 흡혈귀로 지냈다. 아무리 참으려 애를 써도 사흘에 한 번은 미쳐 버릴 듯이 피에 굶주리게 되었다.

질문에 대답하지 못하고 있자니 페리드가 계속해서 물었다.

"그 피를 빤 인간들 중, 참지 못하고 죽을 때까지 빤 건 몇이야?"

"……."

"설마, 아직 죽을 때까지 빨아본 적이 없다고는 하지 않겠지? 흡혈귀라면 참을 수 없을 텐데. 눈앞에 피가 있으면 이성을 유지할 수 없을 텐데."

"……."

페리드는 히죽히죽 웃고 있었다. 다 안다는 표정이었다. 실제로 그의 말이 맞았다.

이미 수십 년 동안 몇 명이나 죽였다. 몸이 원하는 것이다.

그 욕구에 저항할 수가 없었다. 처음에는 죄책감도 들었지만 그 감정은 서서히 사라져갔다.

아니, 인간이었을 때 느꼈던 사랑이며 분노, 슬픔 같은 감정의 기복이 느껴지지 않게 되었다.

이윽고 인간의 피를 빨아도 아무런 감흥이 없어졌다. 조제가 죽는 것을 본 뒤로 그것이 더욱 가속화되었다. 인간 지인이 없어지자 모든 인간이 한낱 식량으로만 보였다.

페리드가 말했다.

"…그래서, 너는 오늘 뭘 하러 왔다고?"

뭘 하러 왔더라. 기억이 까마득했다. 자신은 너무 오랜 시간을 흡혈귀로 지내고 말았다. 하지만 그럼에도 크롤리는 대답했다. 허리에 찬 검을 뽑으며 말했다.

"복수."

"무엇에 대한 복수?"

"……."

"너를 흡혈귀로 만든 것에 대한 복수? 아니면 소중한 동료를 살해한 것에 대한 복수?"

"……."

"그런데 너, 이름은 기억해? 네 옛 동료들의."

물론 기억했다.

빅터. 지르베르. 구스타보. 로이. 알프레드 대장.

페리드는 웃으며 말을 이었다.

"…얼굴은?"

"……."

"얼굴은 기억나? 매일 피를 빠는 가축들의 얼굴이 아직도 기억나?"

"……."

"분명 기억 안 날 거야. 세월이란 무서운 거야. 중요하지 않은 것은 금방 잊어버리지. 하지만 중요한 것은 기억할 수 있어. 네가 주욱 기억하고 있었던 건, 뭘까."

그는 기쁜 듯이 말했다.

"내 얼굴이야. 매일, 매일, 내 생각만 했지? 왜냐하면 너는 그것밖에 목표가 없…."

하지만 크롤리는 그 말을 가로막고서 말했다.

"죽이고, 오늘로 끝낼 거야."

검을 똑바로 페리드에게 내질렀다. 페리드는 반응하지 않았다. 목을 날릴 수 있다는 확신이 들었다. 칼날 끝이 목에 박혔다. 부드러운 살을 가르는 감촉이 느껴졌다.

하지만 크롤리는 그 순간 검을 멈췄다.

"왜, 안 피하지?"

그러자 페리드가 이쪽을 올려다보며 말했다.

"너야말로, 왜 안 베는데?"

"……"

"뭐어, 그것도 짐작은 가지만 말야. 이제 벨 이유가 없으니까. 너는, 나를 기억했어. 하지만 나를 죽일 이유는 기억하지 못했어."

"……"

"갓 흡혈귀가 되었을 때처럼 강한 감정은 가질 수 없을 거야. 오로지 피에만 마음이 동하겠지. 완벽한 흡혈귀야."

그 말이 맞았다. 자신은 이제 흡혈귀다. 그렇다면 뭘 위해 싸우고 있는 것이란 말인가.

크롤리는 검을 물렀다. 그대로 검을 바닥에 팽개쳤다. 그러고는 작은 소리로 한숨을 내쉬며 말했다.

"…하아, 뭐야, 페리드 군. 무지 피곤한데."

"하하하."

"대체 너는, 목적이 뭐야?"

"목적?"

"왜 나를 선택해 흡혈귀로 만든 거야?"

그렇게 묻자 페리드는 다시 의자에 앉으며 말했다.

"친구가 갖고 싶었거든."

그의 말이 농담인지 진심인지, 이제는 알 수 없었다. 하지만 만약 진심이라면 이토록 소름 돋는 일이 또 있을까.

크롤리는 물었다.

"있지, 페리드 군."

"응~?"

"넌 귀족이지?"

"맞아."

시원스럽게 고개를 끄덕였다.

크롤리는 말을 이었다.

"귀족은 자신의 피를 줘서, 다른 이에게 저주를 나눠줘도 된다고 들었어."

"누구한테?"

"누구였더라. 제11위 시조? 그렇다고 하던데."

그러자 페리드는 어깨를 으쓱했다.

"제11위는 열한 명 있는데에…."

"헤에. 그럼 12위는?"

"열둘."

"5위는?"

"다섯."

"흠. 그런 구조로 되어 있는 건가."

요컨대 20위까지의 흡혈귀만 해도 이백 명은 있다는 뜻이었다.

이것이 많은 것인지 적은 것인지는 모르겠지만 전 세계에 흩어져 있다는 점을 감안하면 적은 것일지도 모른다. 하지만 상대에게 피를 먹여 흡혈귀로 만들 수 있다면, 무제한으로 늘릴 수 있지 않을까 싶었는데 그것은 어떻게 제한하고 있는 것일까. 애초에 어째서 그러한 제한을 두고 있는 것일까?

물어보고 싶은 이야기가 많고도 많았다. 하지만 지금 묻고 싶은 것은—.

크롤리는 본론으로 돌아갔다.

"뭐어, 아무튼 그 11위 녀석한테 들었어. 다른 자를 흡혈귀로 만들어도 되는 것은 귀족들뿐이라고."

"맞아."

"너는 귀족이야."

"그래."

"그럼, 너는 네 피를 먹여서 나를 흡혈귀로 만들 수도 있었을 거야."

"응."

"그런데 너는 그러지 않았지. 묘한 병에 든 피를 마시게 했어. 그건 대체 누구의 피지?"

페리드는 질문에 대답하지 않았다. 그저, 가만히, 히죽히죽 웃을 뿐이었다.

크롤리는 말을 이었다.

"적어도 상당히 높은 지위에 위치한 흡혈귀의 피겠지. 만약 네 피를 마셨다면, 내 힘은 13위 이하여야 한다고 들었어. 하지만 내 힘은—."

"11위보다 훨씬 강했다고?"

"…어린애랑 싸우는 기분이었어. 그 피는 대체 누구의 피였어?"

페리드는 역시나 히죽거리기만 할 뿐 대답하지 않았다. 그래서 질문을 바꾸어보았다.

"너는 왜 네 피를 내게 주지 않은 거지?"

그제야 페리드는 대답했다.

"누군가에게 내 저주를 나눠주는 악취미적인 짓은 하고 싶지 않았어."

"하지만 나를 흡혈귀로 만든 건 너야."

"그래도 내 피는 아니었어."

"죽지 못하는 건 마찬가지야."

"하하, 아직 죽지 못하는 절망을 느낄 정도로 오래 살지도 않았으면서 아는 척은."

하지만 크롤리는 그 말을 무시하고 계속해서 말했다.

"네가, 나를 흡혈귀로 만들었어. 그 이유를 말해."

페리드가 이쪽을 바라본 채 대답했다.

"아까 말했잖아."

친구가 어쩌니 저쩌니 하던 헛소리 말인가.

"그런 농지거리는…."

페리드는 말을 끊고서 말했다.

"농담 아냐. 흡혈귀는 마음에 든 인간을 곁에 두기 위해 피를 주는 거야."

"……."

"왜냐하면 따분하니까. 수십 년, 수백 년을 한가함과 절망 속에서 살아가야 하잖아. 일찍이 사랑했던 인간들은 금방 죽어 얼굴도 기억 못하게 되지. 일찍이 사랑했던 도시는 모습이 바뀌어, 마치 딴 세상 같은 곳이 되지. 변하지 않는 건 따분함과 절망뿐이야. 그럴 때 문득, 절망을 함께 나눌 반려가 곁에 있었으면 하는 생각이 들거든."

"……."

"그리고 마음에 드는 인간에게— 어쩌면 아직 사랑할 수 있을지도 모른다 싶은 인간에게 피를 나눠줘 보는 거야. 사랑할 터인 상대에게 죽지 않는 저주를 내려, 자신과 같은 지옥으로 끌어내리는 거지. 그러면 과연 어떻게 될까?"

"……."

"보다 커다란 절망을 얻게 돼. 따분함은 메워지지 않아. 게다가 피를 나눠준 상대는 자신보다도 훨씬 약하고, 어리석은 흡혈귀가 되지. 주인과 종자. 대등하지 않은 관계야. 게다가 종자는 주인에게 불만을 품게 돼. 왜 자신에게 이토록 영원히 이어질 고통을 준 것이지? 죽여줘. 제발 이 저주에서 해방시켜줘, 하고."

그 이야기를 들은 크롤리는 페리드를 바라보며 말했다.

"그건 네 경험담이야? 아니면 네가 과거에 누군가를 사랑하고, 피를 나눠줬던 결과에 대한 감상이야?"

페리드는 또다시 웃기만 할 뿐 대답하지 않았다.

"아니면 네가 누군가에게 사랑받았지만, 원망도 했었다는 뜻이야?"

그러자 페리드는 말했다.

"일반론이야."

"흡혈귀의?"

"그래."

"그러면, 그게 대체 무슨 상관인데? 너는 내게 아마도 상위 시조의 피를 나눠줬어. 그 이유가 주종관계가 아닌 대등한 관계로 있고 싶었기 때문이라는 거야?"

그 말에 페리드는 호들갑스럽다는 생각이 절로 들 정도로 고
개를 끄덕이며,

"이제야 내 우정이 얼마나 커다란지 알아준 거야?"

그런 소리를 했다.

그 말을 들은 크롤리는 얼굴을 찌푸리며 말했다.

"이제 너를 하나도 못 믿겠어."

"하하하."

"나를 선택한 이유는?"

"얼굴?"

분명 거짓말일 것이다. 그는 그렇게 단순한 남자가 아니었다.

페리드가 일어나며 말했다.

"그럼, 네가 내 진짜 친구가 되었으니."

"친구라면 거짓말은 그만둬."

무시하고 페리드가 말을 이었다.

"우선은 너를 흡혈귀 세계에 소개할게. 아, 참고로 너는 내
피로 흡혈귀가 된 것으로 해둘 테니 제13위 시조를 칭하도록
해."

또 시작이다. 역시 얼굴로 선택한 것이 아니었다. 페리드에
게는 꿍꿍이며 비밀이 잔뜩 있었다.

크롤리는 경계하는 눈으로 페리드를 쳐다보며 말했다.

"…왜, 그런 거짓말을 해야 하지?"

그러자 페리드가 이쪽을 보며 즐거운 듯 대답했다.

"실은, 훔친 피로 흡혈귀를 만들었다는 게 들통 나면 나나 너나 영원히 유폐될 게 뻔하거든."

"뭐…?"

"죽지도 못하고 돌 속에 갇히겠지. 뇌기능이 수복돼서 정신을 놓지도 못하고. 이 세계에 존재하는 최고의 고문이 영원히 이어지는 거야. 이 고문을 생각해낸 녀석, 굉장하지 않아?"

"아니, 잠깐 기다려 봐. 그런 일에 나를 끌어들인 거야?"

"응. 미안해."

"무슨 미안하단 소리를 그렇게 쉽게 해…."

하지만 페리드는 신이 난 투로 말을 이었다.

"뭐어, 요컨대 우리는 이미 공범자라는 뜻이야. 게다가 네가 강하다는 것도 숨겨두면 누군가를 죽일 때 편할 것 아냐. 좌우간 13위라고 하면 상위 시조는 대부분 널 얕잡아볼 테니까."

그 말을 들은 크롤리는 페리드를 노려보며 말했다.

"…결국 목적은 그거였나. 이건 네 복수에 관한 이야기였어?"

하지만 페리드는 웃으며 대답했다.

"아니아니, 심심풀이용 이야기야."

그는 그대로 책상을 등지더니 사용인에게 코트와 검을 가져 오라고 명령했다. 사용인이 코트와 다소 짧은, 아름답게 장식 된 검을 가져왔다.

페리드가 검을 든 모습은 처음 보았다. 하지만 아마 그것도 흡혈귀가 쓰기 위해 만들어진 무기이리라. 흡혈귀의 피를 빨아 소유자의 신체능력을 높여주는.

페리드에게 물었다.

"있지, 페리드 군."

"왜애. 크롤리 군."

"내가 순순히 너를 따라갈 것 같아?"

"물론이지. 왜냐하면 달리 할 일도 없잖아?"

확실히 그건 그랬다. 하물며 흡혈귀가 된 경위를 누군가가 알아채면 영원히 유폐당할 위험한 상황이기도 했다. 정보가 필 요했다. 살아남기 위한 정보가.

"있지, 페리드 군."

"왜 불러, 크롤리 군?"

"대체 너는 언제부터 내게 눈독을 들인 거야?"

그러자 페리드는 사용인의 보조로 코트를 입으며 담백하게 대답했다.

"150년 정도 전이었던가."

아직 크롤리가 태어나지도 않았던 아주 옛날이었다. 부모님이 살았던 시대조차 아니었다. 증조할아버지 부부조차도 한참 어렸을 시절을 입에 담았다. 결국 이 괴물은 자신이 태어나기도 전부터 자신에게 눈독을 들였던 것이다.

"나 원 얼굴이 마음에 들어서라더니. 나는 태어나지도 않았을 때였잖아."

"하하, 상상은 했었거든. 내 형제의 얼굴은 어떻게 생겼을까, 하고."

페리드는 형제라고 했다.

그 말인즉,

"…내게 먹인 피는 너를 흡혈귀로 만든 녀석의 것이야?"

페리드는 미소를 지었다. 맞는 모양이었다.

"그래서 그건 몇 위 시조였어?"

"아빠가 누구인지 궁금하다~ 이거야?"

크롤리는 어깨를 으쓱했다.

"아빠라고 하는 걸 보니 일단 성별은 남자인가 보네."

그러자 페리드가 이쪽을 가리키며,

"오, 꽤 똑똑한걸."

"나 무시하는 거지?"

"아니야아."

"그래서 그 아빠는 누군데?"

페리드가 그 말에 대답했다.

"제2위야."

상당히 높은 지위였다. 흡혈귀의 서열이 어떻게 되어 있는지
는 모르겠지만 숫자가 작을수록 높은 계급일 것이다.

"이름은?"

"이름은 자주 바뀌어. 애초에 꽤 오래 전에 흡혈귀 세계에서
모습을 감추기도 했고. 내가 입수한 정보에 의하면 극동에 있
는 섬나라에서 인간들의 조직에 숨어들어서 사이토라는 이름
을 쓰고 있다고 하는데…."

페리드는 다소 어려운 발음으로 그렇게 말했다. 사이토라고
들린 것 같기도 했는데.

"그러면 네 복수 상대는 그 녀석이야?"

"내가 복수하고 싶다고 한 적이 있던가?"

"아니야? 그럼 뭘 도우면 되는데?"

그러자 페리드는 눈을 가늘게 뜬 채 이쪽을 보더니,

"넌 아직 나를 도울 수 있을 만큼 강하지 않아. 오래 살며 흡
혈귀들의 세계를 좀 더 자세히 알아야 해."

"그때까진 보류라 이거야?"

"응."

"하지만 너와 나의 부모는 같은 거 맞지?"

"맞아."

"흡혈귀의 힘은, 누구의 피로 흡혈귀가 되었느냐로 판가름 된다고 들었어."

"그렇지."

"그럼 이제 내 힘도…."

크롤리는 그렇게 말하다 움직였다. 바닥에 떨궜던 검을 주워 그것을 일직선으로 페리드를 향해 치켜들었다.

페리드도 허리에 찬 검을 뽑았다.

검과 검이 부딪쳤다.

그리고 크롤리는 그 격돌을 통해 알 수 있었다. 페리드의 동 작이 고도의 검술 훈련을 받은 자의 그것이라는 사실을.

어디서 배운 것인지. 본 적이 없는 자세였다. 하지만 동작이 매우 우아했다. 왕족이 배우는 의식용 검술 같은 느낌이었다.

어쨌든 페리드는 검을 쓸 줄 알았다. 그리고 그 검술은 자신 보다도 숙련도가 높았다.

크롤리는 다시 한 번 검을 휘둘렀다. 페리드가 검을 놀려 그 것을 오른쪽으로, 왼쪽으로 받아넘기며 상쾌한 표정으로 말했 다.

"어때? 이길 수 있을 것 같아?"

"…아니, 질 것 같아. 너는 검도 쓸 줄 아는 거야?"

"괜히 오래 산 게 아니거든."

"몇 년이나 살았는데?"

"아주 오~래. 엄청 오래. 그리고 흡혈귀는 오래 살수록 힘이 세져."

"그러면 나는 네게 이길 수 없는 거야?"

"글쎄. 너는 재능이 있어. 지금도 조금씩 검의 속도가 오르고 있어서…."

순간, 크롤리는 온힘을 다한 일격을 내질렀다. 칼끝이 페리드의 목에,

"안 닿지롱~"

검을 든 팔이 베여 날아갔다. 하지만 그것은 예상한 바였다. 의도적으로 페리드의 검이 자신의 팔을 베게 한 것이었다.

크롤리는 한 걸음 더 앞으로 내디디며 말했다.

"치명상은 아니야."

그것은 페리드에게 배운 것이었다. 흡혈귀간의 전투에서는 움직이지 못할 정도로 몸의 일부가 절단되지 않는 한 치명상이 아니었다.

오른쪽 어깨로 몸통박치기를 했다. 그와 동시에 페리드의 머

리를 붙잡았다. 그대로 머리를 비틀어 몸에서 뜯어내려 했지만—

"…봐, 나랑 있으니 배울 게 많지?"

그는 즐거운 듯 웃었다. 목은 꿈쩍도 하지 않았다. 머리를 뜯어내기는커녕 오히려 페리드에게 머리와 어깨를 붙잡혀, 쉽사리 머리가 뜯겨나가고 말았다.

"…큭."

순간적으로 무시무시한 고통이 느껴지더니 목 아래쪽의 감각이 사라졌다.

페리드는 그의 머리를 높이 치켜들며 말했다.

"두 번째 가르침. 자신보다 실력이 위인 상대에게 정면으로 승부를 걸면 안 돼."

목에서 피가 흘렀다. 급격히 굶주림이 밀려들었다.

피가, 피가 부족하다.

크롤리는 머릿속에 울려 퍼지는 그 경고를 무시하고 페리드를 내려다보았다.

"괴물 같으니."

"에이, 목만 살아있는 녀석이 그런 소릴 한들 설득력이 없지이~"

"결국 나는 너를 못 이기는 거야?"

"이길 수 있어. 그럴 수 있도록 앞으로 내가 이끌어줄게."

페리드가 손을 내밀었다. 하지만 당연히 그 손은 잡을 수가 없었다. 왜냐하면 이쪽은 목만 살아있으니.

물론 그는 알면서 그러고 있었다. 정말 잔인한 남자였다. 어이가 없다는 눈으로 크롤리가 그 손을 쳐다보자, 페리드는 손을 팔랑팔랑 흔들며 머리를 몸통에 가져다댔다.

머리는 간단히 접합되었다.

하지만 갈증은 사라지지 않았다. 피를 흘렸기 때문이다.

크롤리는 피곤한 표정으로 바닥에서 페리드를 올려다보며 말했다.

"있지, 페리드 군."

"왜?"

"배고파."

그러자 페리드는 신이 난 듯 웃으며,

"…그럼 식사를 하도록 하자. 그리고 200년 정도 함께 여행을 해보자고. 절친한 친구처럼 말이야."

"……."

"그런데 크롤리 군."

"왜?"

"메뉴는 뭐가 좋겠어? 고기? 생선? 넌 분명 와인도 좋아했지?"

짓궂은 녀석이다 싶었다. 앞으로 이런 녀석과 몇 백 년이나
함께 여행을 해야 한다니.

크롤리는 얼굴을 찌푸리며 대답했다.

"피를 줘."

페리드는 즐거운 듯 웃었다.

그렇게 두 사람의 길고 긴 여행은 시작되었다.

종말의 세라프
Seraph of the end

Seraph of the end

Story of
vampire Michaela

제4장 **페리드의 싸움**

"……."

그로부터 대체 몇 백 년이 흘렀을까.

크롤리 유스포드가 잠든 관을 내려다보며 페리드는 생각했다.

관이 있는 곳은 교토 상귀넴에 자리한 페리드의 저택이었다. 딱히 크롤리가 죽은 것은 아니었다. 흡혈귀가 된 지금, 그들은 죽을 수가 없었다.

아니, 이미 죽어 있었다. 신의 미움을 사서 심장이 뛰지 않으니.

그렇다면 왜 관에서 잠을 자는 것일까.

누가 시작한 것인지는 모르겠지만 페리드가 흡혈귀가 되기 전부터 흡혈귀들은 햇볕을 피하기 위해 관 안에서 잠을 잤다.

그리고 그것은 의외로 기분이 좋았다. 신체 구조상 흡혈귀는 잠을 잘 필요도 없었다. 하지만 그들은 잠을 잤다. 터무니없이 긴 삶 속에 자리매김한 한가함을 달래기라도 하듯, 관 안에 들어갔다. 관에 들어가면 아주 잠시나마 모든 것을 잊은 채 의식을 잃을 수 있었다. 하지만 그것도 몇 시간뿐이었다.

영원히 잠들 수는 없었다.

크롤리는 7시간 전에 관에 들어갔다. 이제 곧 나올 것이다.

"……"

그 7시간동안 페리드는 결국 지도를 완성시켰다. 이 흡혈귀들의 도시에서 인간 아이들이 탈출할 수 있게 하기 위한 지도를.

그리고 그것은 매우 근사하게 완성되었다.

아마도 크롤리의 추억담을 들은 덕이리라.

이번 지도를 만들기 위해서는, 지금 자신이 하고 있는 일이 수백 년 전부터 계획했던 일이라는 사실을 상기할 필요가 있었다.

그러지 않으면 금방 모든 것들이 귀찮아질 것이 뻔했기에.

언제나 그랬다. 인간이었을 때부터.

무슨 일이 되었건 자신은 금방 싫증을 내곤 했다.

페리드는 크롤리의 관을 뒤로 하고 자신의 방으로 향했다. 그러던 도중 저택에 들락거리는, 그가 총애하고 있는 몇몇 아이들과 마주쳤다.

"아, 페리드 님!"

한 소년이 이쪽을 쳐다보았다. 검은머리의 아름다운 소년이었다. 그의 피는 싱싱한 맛이 났다. 그 맛은 기억났지만 이름은 잊어버렸다. 관심이 사라지고 있는 것이다. 슬슬 죽여야겠다.

페리드는 빙긋 웃으며 말했다.

"여어, 너구나."

소년이 미소를 띤 채 말했다.

"페리드 님 덕분에, 매일 호화스러운 생활을 하고 있어요."

"그래? 그거 다행이네. 뭐 부족한 게 있으면 말해. 마련해둘 테니까."

"네!"

소년은 그렇게 말하며 떠나갔다.

이번에는 소녀가 페리드를 알아보았다. 열네 살 정도였다. 그녀는 머리가 좋았다. 그것도 매우. 머리가 좋은 아이와 이야기하는 것은 즐거웠다. 자신이 머리가 좋다는 사실을 아는 아이는, 죽을 때 보이는 절망적인 표정도 아름답기 때문이다.

하지만 역시나 이름은 기억이 안 났다. 죽여야지.

"페리드 님."

"여어, 너구나."

"오늘 이 시간에 저택에 계시다니, 별일이네요."

"그랬던가? 너는 내가 저택에 드나드는 걸 다 기억하는 거야?"

"네. 요즘 페리드 님은 오후에는 집무실에 틀어박혀 계셨으니까요."

맞는 말이었다. 지도를 그리고 있었으니. 하지만 지도는 오늘 낮에 완성하고 말았다.

지도가 완성됐으니 이야기는 다음 단계로 넘어갈 것이다.

지도는 집무실 안에 있는 그의 책장 속에 있다. 집무실도 아이들이 자유롭게 드나들 수 있는 곳이기는 했지만 들어가려 하는 자는 없었다.

만약 주인의 방에 들어갔다가 봐서는 안 될 것을 보기라도 하는 날에는, 자신들의 목숨이 위험해지기 때문이다.

그녀도 결코 들어가지 않았다. 머리가 좋기 때문이다.

페리드는 말했다.

"그런데 뭐 부족한 건 없니?"

"괜찮아요."

"필요한 거 있으면 말해."

"네. 감사합니다, 페리드 님."

페리드는 고개를 끄덕이고서 걸음을 뗐다. 집무실로 돌아가기 위해.

복도를 걷다 또 한 명의 소년과 마주쳤다.

매우 똑똑하고 아름다운 소년이었다.

열두 살.

금발머리에 푸른 눈동자를 지녔다.

"아, 페리드 님."

그의 이름은 물론 기억했다. 페리드는 그 소년을 쳐다보며 말했다.

"여어, 미카엘라 군. 왔구나."

"네."

"이곳에 들락거리기 시작한 뒤로는 좀 어때? 쾌적하게 지내고 있니?"

그러자 미카엘라가 빛이 날 듯 밝은 표정을 지으며 말했다.

"페리드 님 덕분에…."

하지만 그때, 페리드는 손을 뻗었다. 미카의 하얀 목으로.

"아…."

그런 소리를 내며 순간적으로 겁먹은 표정을 짓기는 했으나 곧 그 표정은 사라졌다. 힘을 빼고 저항하지 않았다.

"착한 아이구나."

페리드는 입을 벌렸다. 이빨을 그의 목에 꽂았다. 쪽쪽, 피를 빨았다.

피는 따뜻하고, 희망으로 가득한 맛이 났다. 현재 그가 거느리고 있는 아이들 중 이 소년의 피가 가장 맛있었다.

페리드의 몸 아래서 미카는 움찔움찔 몸을 떨었다. 도중에 마시는 것을 그만두지 않으면 그는 죽을 것이다. 하지만 그만두기가 어려웠다. 피맛이 좋으면 좋을수록 죽을 때까지 마셔버리고 싶어졌다.

"…아… 으아."

"……."

"우으… 흐에, 페리드 님."

페리드는 그제야 입을 뗐다. 입을 떼는 것에는 자기 자신을 칭찬해 주고 싶을 정도로 커다란 자제심이 필요했다.

하지만 그는 알았다. 무언가를 참으면 참을수록 훗날 더 큰 쾌락을 얻을 수 있다는 사실을.

그래서 미카의 목을 놓아줄 수가 있었다. 더 큰 쾌락을 얻기 위해.

"허억, 허억, 허억."

미카는 거친 숨소리를 흘리며 목을 움켜쥐고 있었다. 목에서는 피가 흐르고 있었다.

페리드는 흐르는 피를 보고 또다시 욕정이 끓어오르는 것을 느꼈다. 아직, 부족했다. 하지만 이 이상 마시면 그는 움직이지 못하게 될 것이다. 그러니 이 이상은 마시지 않을 것이다.

"괜찮아?"

그렇게 묻자 미카는 지친 듯한 미소를 지은 채 말했다.

"괜찮아요. 감사합니다."

"응? 그건 무엇에 대한 인사지?"

"…마셔 주신, 것에 대한 인사요. 페리드 님의 총애 덕에 지금처럼 지낼 수 있는 거니까요."

그가 그렇게 생각하지 않고 있다는 것은 안다. 하지만 그는 아무렇지도 않게 그렇게 말했다.

그리고 이야기는 진행된다. 앞으로. 앞으로.

"너 정말 착한 아이구나."

"감사합니다."

"그럼 이제 가도 돼. 필요한 게 있으면…."

"네. 하지만 이미 저택에 있는 물건으로 충분히 호화롭게 살고 있어요."

"그래? 그거 다행이네."

페리드는 고개를 끄덕이며 미카에게 등을 돌렸다.

어리석은 아이는 이 순간 부리나케 떠나간다. 도망치듯이. 결국 다들 자신이 가축이라는 사실을 용납할 수가 없는 것이다.

하지만 미카는 떠나가지 않았다. 아직도 시선이 느껴졌다. 마치 주인에게 사랑받고 있다는 사실에 긍지를 느끼는 것처럼 끝까지 연기를 이어가고 있다.

그 연기가 평소보다 훨씬 완벽했다.

한 번 고개를 돌려보니 미카는 아직도 이쪽을 보고 있었다. 페리드의 시선을 알아챈 그는 이쪽을 향해 미소를 던졌다.

사랑받고 있다는 사실이 정말로 기쁘다는 듯이.

배신할 생각은 추호도 없다는 듯이.

비밀 같은 것은 없다는 듯이, 미카는 미소 지었다.

"…하하하."

그것을 본 페리드는 신이 나서 웃었다.

비밀이 있는 것이다. 미카는 무언가를 찾아낸 것이다.

똑똑하고 용감한 소년은 가축을 졸업하기 위한 아이템을 찾아냈다.

"……."

페리드는 집무실로 돌아왔다. 방은 깨끗하게 정리되어 있었다.

오래되고 커다란 책상 앞에 서서 방을 둘러보았다. 그곳에서 보이는 몇몇 책꽂이에는 낡은 책이 잔뜩 꽂혀 있었다. 그리고 어디에 무슨 책이 꽂혀 있는지, 어느 위치에 무엇이 있는지 그는 모두 다 파악하고 있었다.

인간이었던 시절부터, 아니, 어릴 적부터 그랬다. 기억력이 좋아 한 번 본 것은 모조리 다 기억해 버렸다. 그런 탓에 늘 따분했다.

책꽂이는 얼핏 보기에 평소와 다름없어 보였다. 하지만 책꽂이에 있는 모든 책들이 조금씩 원래 위치와 어긋나 있었다. 그

책꽂이에는 재미있는 것이 몇 가지 놓여 있었다.

아이들이 발견하면 뭔가 재미있는 전개가 벌어질 것 같은 무기며, 들어가서는 안 되는 곳에 들어갈 수 있는 열쇠, 금기로 알려진 주술 연구서 등이었다.

하지만 지금까지 이 책꽂이에 손을 댄 아이는 아무도 없었다. 위험한 일이기 때문이다. 주인의 방에 들어와 책꽂이에 손대는 것은 위험한 일이다.

하지만 오늘은 누군가가 이 책꽂이를 물색했다. 그 누군가가 가지고 돌아간 것이 무엇인지도 물론 한눈에 알 수 있었다.

낡은 총.

그리고 이 흡혈귀의 도시에서 도망치기 위한 지도.

그 두 가지가 놓여 있던 부근의 책이며 수납공간이 가장 말끔하게 원상복구 되어 있었기에 바로 무엇이 없어졌는지 알 수 있었다.

이럴 때는 전체를 원상복구 하거나, 전체를 난잡한 상태로 방치해둬야 하건만.

책장으로 다가가 지도를 끼워뒀던 낡은 책을 집어 들었다. 지도가 사라져 있었다. 그 사실에 그는 미소를 지으며,

"귀여워라."

그렇게 중얼거렸다.

하지만 이로써 시작되고 말았다.

그 미카와 유우라는 이름의, 햐쿠야 고아원에서 온 아이들은 흡혈귀들 사이에서 손을 대서는 안 된다고 알려진 '종말의 세라프'라는 이름의 주술연구와 연관된 실험체들이었을 터였다.

흡혈귀들은 '종말의 세라프' 실험을 발견했을 경우, 그것을 자행하고 있는 조직 전체를 괴멸시켜야만 했다.

그리고 4년 전.

세계가 멸망하기 직전인 어느 날.

상위 시조회가 이 흡혈귀 도시의 여왕— 쿠루루 체페시에게 명령을 내렸다.

도쿄에서 '햐쿠야교'라는 조직이 벌이고 있는 '종말의 세라프' 실험에 관련된 것을 모두 없애라.

쿠루루는 그 명령에 따라 흡혈귀 군대를 이끌고 도쿄로 향했다.

하지만 '종말의 세라프'는 발동되었다. 도중 멈추는 것에는 성공했으나, 전 세계 인간들의 수는 바이러스로 인해 10분의 1까지 줄어들고 말았다. 하지만 그것은 흡혈귀들 사이에서 그다지 문제시 되지 않았다. 애초에 흡혈귀들은 인간들의 수가 지나치게 많다고 생각했기 때문이다.

하지만 '종말의 세라프' 실험을 방치하는 것은 용납되지 않는 일이었다. 완전히 괴멸해야 했다. 그것이 흡혈귀의 법이었다.

하지만 현재 쿠루루 체페시는 미카와 유우, 그리고 햐쿠야 고아원의 실험체를 몰래 키우고 있었다. 이는 중대한 배반 행위일 터였다.

들통 나면 영원히 돌 속에 갇히는 형벌이 내려지리라.

그래서 그녀는 미카 일행을 따로 보호하지는 않았다. 보호하면 상위 시조회에게 들통 나 처형될 가능성이 있기 때문이다.

아마 페리드가 미카의 피를 빨고 있다는 사실도 알 것이다. 되도록 신경에 거슬리도록, 쿠루루가 키우고 있는 흡혈귀 앞에서 빨아 주고 있었으니. 하지만 그녀는 별다른 조치를 취하지 않았다.

페리드가 질리기를 기다리는 것인지, 아니면 무언가를 알아챘을 가능성이 있다고 생각해서 어떻게 대처할지를 검토하고 있는 것인지.

"…하지만 아무리 그래도 미카와 유우를 죽이거나 도망치게 하면 그녀도 화를 내겠지?"

지도를 꽂아뒀던 책을 손가락으로 통통 두드리며 그는 중얼거렸다.

그러니 금방 시작될 것이다. 눈코 뜰 새 없이 바빠질 것이다. 지금까지는 수백 년에 걸쳐 여러모로 계획을 진행시켜 왔으나,

앞으로는 몇 년 동안 모든 것이 진행될 것이다.

우선은 쿠루루가 나설 것이다. 그녀는 제3위 시조였다.

그리고 그녀의 움직임에 호응해 다른 상위 시조들도 나설 것이다.

그들 모두가 자신보다 강했다. 자신은 결국 제7위다. 상위 시조회는 5위 이상인 자들을 가리켰다. 힘으로는 그 누구도 이길 수 없을 것이다.

그 강대한 힘을 지닌 흡혈귀들을 상대하려면 계획과 운과 머리.

그리고―.

"스릴을 즐길 여유가 필요하지."

오늘밤, 미카 일행은 도망칠 것이다.

자유를 찾아.

미래와 희망을 찾아.

페리드는 그것을 장난삼아 부술 것이다.

그러면 이야기는 강제적으로 시작될 것이다.

수백 년을 들여 계획을 진행시켜왔건만, 그 자신도 이 이야기의 전모는 몰랐다. 미카엘라라는 실험체를 완성시키는 것인 듯했지만, 누가 시작한 계획인지는 몰랐다.

그래서 어떻게 행동하면 실패이고, 어떻게 움직여야 정답인지 전혀 알 수가 없었다.

아이들을 어떻게 할지는 결정한 바가 없었다.

몰살시키면 도중에 쿠루루가 방해를 해 올까.

아니면 뭔가 다른 전개가 펼쳐질까.

물론 그에게 희망적인 전개가 펼쳐질 가능성도 있겠지만,

"어떻게 될지 모르는 일이 훨씬 재미있는 법이지."

그는 손에 든 책을 턉, 하는 소리가 날 정도로 세게 덮었다.

◆ ◆ ◆

그리고 그날 밤.

그의 생각대로 이야기는 시작되었다.

아이들이 도망친 것이다.

페리드는 그 아이들을 죽였다.

미카는 책임감을 느끼고 절망스러운 표정을 지었다.

유우라 불린 아이는 무엇을 보건, 어떠한 상황에 처하건 끝까지 포기하지 않았다.

미카는 총을 들고 덤벼들었다. 그 움직임은 느렸다. 슬플 만치 느렸다. 아이의 움직임이다. 그것도 인간 아이.

그 팔을 절단해 보았다.

하지만 그래도 쿠루루는 오지 않았다.

배에 손을 쑤셔 넣고 찢어 주었다.

하지만 그래도 쿠루루는 오지 않았다.

이대로 가면 '미카엘라'가 죽을 텐데 그래도 상관없는 걸까.

그가 그렇게 생각한 참에,

"우오아아아아아아아아아아아아아아아!"

그런 목소리가 들려왔다.

유우가 총을 주워 들고 덤벼들었다. 피하기는 쉬울 것이다. 애초에 이런 총으로는 흡혈귀를 못 죽인다. 은으로 된 탄환이라도 들어있지 않은 한. 하하.

곁눈질로 유우를 보았다.

필사적인 표정이었다. 미카를 지키기 위해 이쪽을 노려본 채,

"죽어."

라고 말했다.

총의 방아쇠를 당겼다. 빵. 귓가에서 굉음이 울렸다. 시야 끄트머리에 탄환이 나타나더니 다가오기 시작했다.

그것이 또렷이 보였다.

멀었다.

멀고도 멀어서, 당장에라도 피할 수 있었다.

총알이 회전하는 것까지 전부 보일 지경이니, 이 총으로는 결코 그를 죽일 수 없으리라.

하지만 이건 뇌로 맞아줘야지. 그래야 그에게 희망이 생겨날 테니.

희망을 품은 소년의 얼굴이 좋았다.

그것을 잃었을 때 보이는 표정도.

탄환을 뇌로 맞아 파괴당하면 제아무리 흡혈귀라 해도 얼마간은 의식을 잃게 되어 있었다.

이 두 사람이 어떻게 될지 지켜보지 못하게 될 것이다. 하지만 분명 결국에는 정해진 운명대로 될 것이다.

이야기는 불확정적인 편이 더 재미있다. 그에게 있어 대부분의 일은 예상할 수 있으며, 계획할 수 있는 것이었기에.

그래서 가끔은 관속에서 의식을 잃고 있는 크롤리처럼 그도 잠을 잘 필요가 있었다.

탄환이 머리에 닿았다. 두개골을 깨부수고 안으로 파고들었다.

뇌에 도달해 기능이 파괴되었다.

"……."

그리고 의식이 날아갔다.

수복 중.

수복 중.

수복 중.

수복 중.

◆ ◆ ◆

수복 완료.

◆ ◆ ◆

의식이 돌아왔다.

유우가 뭐라 외치며 흡혈귀의 도시에서 달아나고 있는 참이었다. 하지만 그것은 계획에 포함된 일이었다. 처음부터 그는 살려줄 셈이었다. 밖에 있는 파트너가 보호해 줄 것이다.

주변에 피냄새가 충만했다.

아이들의 피냄새. 이 아이들 모두가 햐쿠야 고아원이라는 곳에서 실험체로 쓰이고 있었다. 그러니 같은 피가 흐르고 있을텐데, 역시나 그 중에서도 미카엘라의 냄새가 가장 강렬했다. 식욕을 자극하는 요상한 매력을 뿜어대고 있었다.

미카를 키웠던 '햐쿠야교'라는 조직도 '미카엘라'라는 이름에 어떠한 의미가 담겼는지는 알았을 것이다. 수천만 명 중 한 명밖에 태어나지 않는, 미카엘라의 인자를 지닌 소년. 발견하기 매우 어려웠을 것이다.

세계가 멸망하여 인구가 격감한 지금은 더더욱 참기가 어려울 터다.

하지만 이만큼 피를 흘렸으니 곧 죽으리라.

인간은 이렇게 피를 흘리면 살 수가 없다.

미카가 말했다.

피투성이가 된 바닥에 엎어진 채, 작은 목소리로.

"다, 다행이야…. 유우만이라도, 달아났으니, 나는…."

그것이 마지막 말이었다.

죽기 직전 남긴 마지막 말.

그 순간, 가축을 감시하고 있었을 터인 하급 흡혈귀들이 우르르 몰려왔다.

한 명은 미카를 억눌렀고 또 한 명은 이쪽으로 다가왔다.

"어떻게 된 일이야! 페리드 님이 총에 맞았잖아!"

"이, 인간이 반항했다! 가축 주제에 귀족에게 손을 대다니! 죽여 주마!"

하급 흡혈귀가 호들갑을 떨어댔다.

미카의 머리를 붙잡은 채 들어 올렸다.

하지만 소년은 웃고 있었다.

"하, 하하, 죽여…. 유우는 도망쳤으니, 나는 죽어도…."

하지만 그 순간, 목소리가 들려왔다.

여자의, 아니, 소녀의 목소리였다.

"그만둬라. 그 인간은 내 것이다."

왔다. 드디어 왔다.

흡혈귀의 여왕.

제3위 시조 쿠루루 체페시 님의 등장이시다. 하급 흡혈귀들이 화들짝 놀랐다.

"여, 여왕 폐하…."

"페, 폐하가 어째서 이곳에…."

하지만 여왕은 대답하지 않았다. 그녀도 반응하고 있는 것이다. 미카의 피에. 숨이 막혀올 정도로 주변에 충만한 미카엘라라는 피가 지닌 요사스러운 냄새에.

쿠루루가 들어 올려진 미카를 올려다보며 탐이 난다는 듯 웃었다.

"어라라, 이렇게 맛있는 냄새가 나는 피를 잔뜩 흘리다니… 이대로 가면 죽겠는걸."

가녀린 손가락으로 미카가 흘리고 있는 피를 찍어 낼름 핥았다. 미카의 몸이 움찔 떨렸다.

저건, 분명 맛있을 것이다.

인간의 피는 죽음의 기로에 섰을 때가 가장 맛있다.

쿠루루가 냉정한 목소리로 말했다.

"…그래서? 이게 대체 어떻게 된 일이지? 페리드 바토리."

힐끗 시선을 보내왔다.

아무래도 시작의 종은 울린 모양이었다. 지금부터 단 한 순간이라도 실수를 저지르면 살해당하고 말리라.

그것은 설령 제7위 지위의 흡혈귀인 페리드라 해도 예외가 아니었다.

상위 시조에게는 절대로 못 이긴다.

그리고 지금, 자신이 하고 있는 일은 상위 시조에 대한 반항이었다.

살해당할 것이다.

그녀의 기분에 따라서는 순식간에 목이 달아나 햇볕 아래 내팽개쳐질 것이다. 혹은 그렇게 떼어낸 머리를 돌 속에 가둘 것이다.

그렇게 되면 모든 것이 다 끝이다. 실수는 용납되지 않는다.

그렇게 생각하자,

"…하하."

어째서인지 온몸이 떨려올 정도의 스릴이 느껴졌다.

하지만 표정에는 드러내지 않았다.

그저 그는 담담히 이야기를 시작했다.

미소를 띤 채 상체를 일으켜 두 손을 펼치고는 마치 연기라도 하듯 입을 열었다.

"…이거이거, 우리 흡혈귀의 여왕─ 쿠루루 체페시잖아. 오랜만이야. 넌 여전히 예쁘구나."

쿠루루가 그런 페리드를 깔보는 투로 말했다.

"어머나, 고마워라. 너도 여전히 엉큼한 표정으로 웃네."

"너무하네. 인간이 쏜 총에 머리를 맞아 힘든데도 너에 대한 사랑의 힘으로 간신히 미소를 짓고 있는 건데?"

"아하, 사랑? 네가 사랑하는 건 내가 지닌 권력일 텐데."

"후후, 그것도 좋아하지만 말야."

정말로 관심이 없었다. 모든 것에 관심이 없었다. 관심이 있는 것은 지금뿐. 지금, 이곳에서, 살해당할지도 모른다는 상황에 대한 흥분뿐이었다.

수백 년이나 열심히 쌓아올리며 준비해 온 것들이 순식간에 망가져 버릴지도 모르는 데도 쾌감이 느껴졌다.

자아, 누가 내 계획을 파괴해 줘.

네 계획은 얼마나 시간을 들인 거야?

그걸 망치는 것도 기분 좋을 것 같네.

쿠루루는 말을 이었다.

"그래서? 제7위 시조인 네가 인간 아이가 쏜 총에 맞았다? 그럴 리가. 그런 헛소리를 누가 믿겠어."

"하지만 사실이야."

"아니. 네가 일부러 도망치게 한 거야. 내가 키우던 '천사—세라프'를. 한 명은 도망치게 하고."

유우가 도망친 방향을 가리키며 말했다.

"또 한 명은 죽어가고 있지."

피를 너무 흘려 의식을 잃어가는 미카를 가리키며 말했다.

그 말에 또다시 흥분이 밀려들었다. 등줄기가 오싹오싹했다. 쿠루루는 제 입으로 금기된 실험의 이름을 입에 올렸다.

'세라프' 실험—.

이것이 들통 나면 그녀는 처형당할 것이다. 그 사실은 당연히 그녀도 알고 있었다.

하지만 말했다.

어째서일까.

상황을 이끌어내려는 것이다. 스스로 '세라프' 실험을 거론해, 만약 페리드가 무언가를 알고 있지만 지금 죽여도 문제가 커지지 않겠다는 확신이 들면, 그때 이 자리에서 죽이면 그만이다.

하지만 페리드가 모종의 준비를 해둬서 죽일 경우, 상위 시조회에게 이 일이 보고되도록 되어 있다면 그것이 무엇인지 캐낼 필요가 있다.

그녀는 가늠하고 있었다.

그가 대체 무엇을 알고 있는지.

어디까지 알고 있는지.

무엇을 하려 하고 있는지.

"⋯⋯."

아마도 지금은 후자라 생각할 것이다. 좀 전에 쿠루루는 '네가 사랑하는 건 내 권력일 텐데.'라고 했다.

그를 떠본 것이다.

페리드가 쿠루루의 비밀을 알아챘다. 그런데도 상위 시조회에 보고를 않는다. 분명 뭔가 이유나 원하는 것이 있기 때문일 것이다―라고 그녀는 생각한 것이다.

물론 그녀가 그렇게 생각하도록 행동해 왔다. 좌우간 그녀쪽이 권력은 물론이고 물리적인 힘에 이르기까지 모든 것이 월등히 뛰어나니.

그야말로 제대로 준비하지 않고서는 앞에 서지도 못할 정도로 무서웠다.

하지만 그녀가 모르는 것이 한 가지 있었다.

사실 죽이면 그로써 끝이었다.

정보는 아무에게도 새어나가지 않도록 해뒀다.

이유는, 그런 맥 빠지는 짓을 했다가는 모처럼의 스릴을 제대로 즐길 수 없게 될 것이기 때문이었다.

그러니 그녀는 이 자리에서 페리드를 죽여야 한다. 목을 치고 자외선 방지 고리를 빼앗아, 햇볕 아래 두면 그녀의 계획은 당분간 안전하게 진행되리라.

죽이면.

죽이면 간단히 끝난다.

자아, 쿠루루.

자아, 여왕님.

어쩔래?

어떻게 움직일래?

나를 어떻게 해 줄 거지?

살얼음판 위를 걷고 있음에도 그는 걸음을 내딛는 것이 즐거워 웃었다.

쿠루루는 말했다.

"이 사건에 대해 변명할 것이 있다면, 지금 당장…."

하지만 그 말을 들은 페리드는 히죽히죽 웃으며 대답했다.

"아니, 변명을 해야 할 건 너 아닐까? '세라프'의 저주를 건드리는 건 흡혈귀 세계의 법에 저촉되는 일일 텐데. 내가 상위 시조회에 한 마디만 하면…."

하지만 그 말을 가로막고,

"…응? 잘 안 들렸는데. 상위 시조회에, 뭐?"

"글쎄 내가, 이 일을…."

그 순간 여왕은 무시무시한 기세로 도약했다. 페리드를 제압하려 했다.

시작이다. 페리드는 생각했다. 무심결에 미소를 지었지만, 초조해 하는 표정처럼 보였을지도 모른다.

그는 쿠루루를 제압하고자 손을 뻗었다. 하지만 간단히 그 손을 붙잡히고 말았다. 그녀가 그대로 그의 몸을 통째로 휘둘렀다. 전혀 저항할 수가 없었다.

손날을 날렸다. 그의 팔이 뜯어져 나갔다. 팔이 허공을 날아 바닥에 떨어졌다. 털퍽. 얼빠진 소리가 났다.

압도적이었다.

너무도 압도적이었다.

역시 제3위 시조님.

게다가 그녀는 제 실력을 발휘하지도 않았다. 정면으로 싸워 이길 수 있는 상대가 아니었다.

목을 붙잡혔다. 목을 잡아 뜯는 것도 그녀에게는 간단한 일 이리라.

하지만 그렇게 되지 않았다.

페리드를 땅바닥에 내동댕이친 그녀는 아름답게, 다정하게, 그리고 섬뜩하게 웃었다.

"아하, 잘 안 들렸는데? 다시 한 번 말해 볼래?"

하지만 사실 그런 말은 무섭지 않았다.

그녀는 이미 실수를 저질렀다.

그릇된 선택을 했다.

여왕은 잔챙이의 헛소리에는 귀도 기울이지 않고, 당당히 모든 것을 죽여야 했는데—.

그녀는, '겁을 냈다'.

하, 하하하, 하하하하하하.

아아, 그녀는 왜 이리도 귀여운 걸까. 어리석은 걸까. 조금은 머리를 쓰라고, 쿠루루 체페시.

그는 목이 졸린 채로 대답했다.

"너무해, 쿠루루. 다시 붙기는 하겠지만 뜯겨 나가는 순간은 아프다고, 팔."

"이대로 목도 뜯어내 줄까?"

그렇게 해야 한다.

페리드는 곤란하게 됐다는 듯 눈살을 찌푸리며 말했다.

"…그건 좀 곤란한데. 좋아, 패배를 인정할게. 이 이상 이 일은 건들지 않을게."

"……."

"정말이야. 아무리 나라도 네 뜻을 거스르고 이곳에서 살아갈 수 있으리라고는 생각지 않거든."

그런 말을 과연 받아들일까?

마지막 기회다.

그에게서 달아날 마지막 기회.

하지만 그 말을 들은 쿠루루는 그의 목을 놓아주고 일어섰다.

"…좋다. 하지만 만약 또 이 일을 캐고 들면…."

"걱정 마. 나도 목숨은 아깝거든."

그로써 교섭은 성립되었다.

페리드의 목숨을 살려준다. 그리고 약간의 권력적 우대를 해준다.

그 대신 쿠루루의 비밀을 입 밖에 내지 않는다.

그런 교섭이 성립되었다. ―그녀는 그렇게 판단했다.

섣불리 죽여서 지금 당장 정보가 새어나가게 하기보다는 조금 더 시간을 벌고 싶었던 것이다.

그녀 자신의 계획을 달성하기 위해.

"……."

그렇다. 저마다 자신의 생각과 계획이 있다. 그녀가 자신의 계획이라 생각하는 것들 중 몇 가지는 페리드가 수백 년 전부터 준비해 왔던 것이었다.

하지만 분명 그가 모르는 것도 있을 것이다.

좌우간 그녀는 제3위 시조님이었다. 고작 7위에 불과한 자신은 상상도 못할 어둠을 떠안고 있을지도 모른다. 뭐어, 그것도 대충은 추측이 갔지만. 그녀가 열을 올리고 있는 것은 갑자기 제1위 시조와 함께 사라진 그녀의 오빠 아세라 체페시에 관한 일이리라.

"……."

하지만 일단 오늘은— 여기서 끝이다. 이만하면 충분하다.

살해당하지 않은 채 이야기를 속행할 수 있다.

페리드는 자리에서 일어나 뜯겨 나간 팔을 주웠다.

쿠루루가 말했다.

"사라져라."

"네에네~ 하지만 또 올게. 난 너를 사랑하거든."

그는 발걸음을 돌렸다.

그대로 걸어 나갔다.

등 뒤에서 여왕이 혀를 차는 소리가 들렸다. 그리고 피 냄새.
그 요사스러운 피 냄새. 아아, 그의 피를 마시고 싶다. 하지만
이제 그는 여왕의 것이다.

그리고 미카엘라는 곧 죽을 것이다.

하지만 분명 그녀는 그를 구하리라.

피와 저주를 나눠줄 셈이리라.

그리고 또 하나.

또 한 마리.

슬픈, 흡혈귀의 이야기가 늘어날 것이다.

Seraph of the end

Story of vampire Michaela

에필로그 **미카엘라 이야기**

눈을 감으면 언제나 떠올랐다.

가족과 보낸 시간이.

자신을 낳아준 가족 말고.

진짜 가족과 보낸 시간이.

그것은 아마도, 비참한 생활이었으리라.

자신들을 성가셔하는 부모의 밑에서 폭행을 당하고 버려진 끝에 세계가 멸망하기까지 했다.

그리고 미래가 보이지 않는 장소에서 흡혈귀의 지배를 받으며, 매일 죽음과 마주한 채, 잔반 같은 음식을 받아먹었다.

아무도 지켜주지 않았다. 아직 어린데도 서로 몸을 기대어가며 필사적으로 살아갔다.

하지만 그럼에도 눈을 감으면 언제나 떠올랐다.

가족들은 모두 웃고 있었다.

아카네가 웃고 있었다.

아이들이 웃고 있었다.

그리고 유우가 난감한 표정으로 그 모습을, 미카의 옆에서 지켜보고 있었다.

'난 가족 같은 거 없어.'라고 하면서도 늘 모두에게 다정했다.

그리고 마지막에는 울어 주었다.

'겨우 가족이 생겼는데.'

그렇게 말해 주었다.

그런데 자신은 무엇을 했던가.

대체 무슨 짓을 했던가.

그로부터 눈 깜짝할 새에 2년이 흘렀다.

유우와 떨어져 흡혈귀가 된 지 2년.

그동안 거의 아무와도 이야기를 나누지 않았다. 이야기할 상
대도 없었다. 주변에 있는 것은 흡혈귀들뿐이었기에.

아니, 인간도 있었다. 가축 취급을 받는 인간들이 있었다.

하지만 가축들은 자신을, 괴물을 보는 눈으로 쳐다보았다.

지배자를 보는 눈으로.

게다가 자신도 인간을 보면 식욕이 샘솟고 만다. 인간의 피
를 마시고 싶다. 마시고 싶다. 마시고 싶다. 게걸스럽게 인간의
피를 마시고 싶다.

그것을 참는 일은 무척 괴로웠다.

아직까지는 마시지 않고 버텼다.

그를 흡혈귀로 만든 여왕이 피를 주어서, 인간의 피를 빠는

괴물로는 전락하지 않았지만—.

하지만 그것도 언제까지 갈지.

"…유우."

신음하듯 그렇게 말했다.

그래도 아직 유우가 살아있으니, 희망이 있다. 자신이 저지른 실수에도. 이토록 추잡한 괴물로 전락한 자신에게도 아직—.

그때.

"햐쿠야 미카엘라."

누군가가 말을 붙여왔다.

유우가 아니었다.

현재 미카가 살고 있는 현실 세계의 목소리였다.

미카는 감았던 눈을 떴다.

눈앞에는 여전히 흡혈귀가 모든 것을 결정하고 다스리는 세계가 펼쳐져 있었다.

하지만 한 가지 바뀐 것이 있다면 가축처럼 지하 도시에 갇혀 지내지 않고 하늘을 볼 수 있게 되었다는 점이었다.

흡혈귀만을 위해 만들어진 하얀 군복을 두른 채.

흡혈귀만을 위해 개발된, 피를 빠는 직검(直劍)—레이피어를 허리에 차고 있었다.

"이봐! 집중해서 잘 들어라, 신입!"

자신의 상관에 해당하는 흡혈귀가 뭐라 하고 있었지만 잘 들리지 않았다. 들을 생각도 없었다.

비가 내리고 있었다. 호우다. 하늘은 새까매서 낮인지 밤인지 알 수 없었다. 전투기가 깜깜한 하늘을 이리저리 날며 폭격을 퍼붓고 있었다.

장소는 동유럽 어딘가. 위험한 인간들이— 가축들이 분수도 모르고 세계를 끝장낼지도 모르는 실험을 하고 있다는 모양이었다. 흡혈귀들은 그것을 뿌리 뽑으러 왔다. 세계의 평화를 지키고 질서를 안정시키기 위해서라고 한다.

"나는 네놈이 귀족분의 눈에 들었다고 해서 봐주지 않을 거다!"

상관이 주먹을 치켜들었다.

그것을 쳐다보았다. 쏟아지는 빗방울. 날아드는 주먹.

그 모든 것들이 느리게만 보였다.

인간이 아니게 된 자신은.

제3위 시조, 쿠루루 체페시에게서 피를 나눠받은 자신은.

무수히 쏟아지는 빗방울을 헤아릴 수도 있을 것 같았다. 빛의 음영이 매우 잘 보였다. 소리도 잘 들렸다. 흡혈귀가 된 이후, 세상 모든 것들이 아름답게 보였지만— 자신은 피에만 관심이 있었다.

그것이 절망스럽게 느껴졌다.

아니, 아직 인간성은 남아있었다.

유우를 만나고 싶다.

다시 한 번 유우를 만나고 싶다.

만약 이 미쳐 버린 세계에, 망가져 버린 세계에 유우가 살아남아 있다면 자신은 다시 한 번 인간으로서 유우를 대할 것이다.

피를 위해서가 아니라. 식욕을 채우기 위해서가 아니라. 유우를, 가족을, 구하기 위해.

"이쪽 쳐다봐라!"

상관이 호통을 쳤다. 주먹이 뺨에 닿으려 했다.

미카는 그 팔을 붙잡고서 상관을 노려보았다.

"네놈, 명령을 어길 셈이냐!"

시끄러워, 추잡한 흡혈귀 같으니. 이 손을 뜯어내 줄까보다.

잡은 손에 힘을 줬다.

상관은 고통을 느끼지 못하리라. 흡혈귀는 고통에 둔하다. 하지만 이대로 힘을 세게 주면 팔이 떨어져 나갈 것이다.

상관이 이쪽을 노려보며 말했다.

"손 떼라. 죽여 버리기 전에."

이 녀석은 못 한다. 이 녀석도 그 사실은 알고 있다.

하지만 그때,

"자, 그쯤 해둬. 너희 적은 인간이야. 안 그래도 비 때문에 지체되고 있는데, 시답잖은 다툼으로 시간낭비하지 말라고."

그런 목소리가 들려왔다.

그러자 상관이 몸을 돌려 허리를 꼿꼿이 폈다.

"네, 죄송합니다. 크롤리 유스포드 님."

그 이름을 들은 미카는 고개를 들었다. 키가 큰 빨간 머리의 남자였다. 아마도 계급을 지닌 귀족일 것이다.

이번 임무에는 귀족이 몇 사람 투입되었다. 하지만 딱히 관심은 없었다. 흡혈귀들이 무슨 일을 하건.

크롤리의 뒤에서 상위 흡혈귀가 말했다.

"자아~ 그럼 시작하자고~ '종말의 세라프' 실험을 하고 있는 인간들을 몰살하는 거야. 다들 준비는 됐어~?"

페리드였다. 저 녀석이 이번 임무를 지휘하고 있었다.

페리드가 이쪽을 쳐다보더니 히죽히죽 웃었다. 시선을 마주치지는 않았다. 마주칠 필요가 없었다.

하지만 페리드가 다가왔다.

"여어, 미카 군. 내 부대에 배속됐구나."

"……."

"넌 아직 흡혈귀가 된지 2년 밖에 안 됐지? 이제 좀 익숙해 졌어?"

"……."

"모르는 게 있으면."

"닥쳐."

"…후후, 내가 너를 이끌어줄게. 선배로서. 아아, 참. 이 임무 가 끝나면 내 저택에 오지 않겠어? 네게, 내 과거를 알려줄…."

"관심 없어."

미카는 말했다.

이제 예전과는 달랐다. 그저 피를 빨릴 뿐이었던 가축이었던 시절과는.

하지만 페리드는 웃으며 말을 받았다.

"그럴까? 너한테는 흥미로운 이야기가 될 것 같은데… 하지 만, 그래. 우선은 임무를 완수하자. 크롤리 군."

"응?"

"시작해 볼까?"

"그래."

그러자 크롤리가 손을 들더니, 내렸다.

흡혈귀들이 유럽에 있는 인간의 조직을 괴멸시키기 시작했다.

그리고 그 날.

나는 보게 되었다.

인간의 추악함을.

금단의 실험을 계속하고 있는 인간들의 오만함을.

그로부터 2년.

아직 인간의 피는 마시지 않았다.

성장은 멈추지 않았다.

그러니 이것은 흡혈귀 미카엘라, 14세의 이야기다.

2권 끝

이야기는 이렇게 진행되었습니다. 지금쯤이면 페리드와 크롤리가 코믹스 본편에도 등장했겠군요. 앞으로 대활약을 펼칠 겁니다.

후기를 먼저 읽으시는 분들은 여기서 읽는 걸 멈춰 주세요~ 스포일러를 할 겁니다.

크롤리의 인간 시절 이야기는 이번 권에서 끝을 고하고, 영원히 이어지는 흡혈귀 이야기가 시작되었습니다. 앞으로 그는 물론이고 미카를 중심으로 페리드, 쿠루루, 사이토, 그리고…. 보다 의문으로 가득한 커다란 파도를 향해 나아갈 생각입니다. (이미 『종말의 세라프 ~이치노세 구렌, 16세의 파멸』 시리즈를

읽고 계신 분들은 '사이토라니!'하고 충격을 받으셨을 듯합니다만.)

『미카엘라 이야기』는 장대한 흡혈귀 크로니클인지라, 집필이 즐겁습니다. 무엇이 가장 즐겁냐고 하면, 감정의 기복이 적다는 점입니다.

죽음이 지척에 있는 중세를 세계관으로 설정한 탓도 있을지 모르겠습니다.

또한, 삶을 잃은 흡혈귀가 주인공이기 때문일지도 모르겠습니다.

수천 년이라는 시간을 다루고 있기 때문일지도 모르겠습니다.

그래서 구렌이 주인공인 소설이나 유우가 주인공인 만화에 비하면 감정의 기복이 적은 데도 분위기가 금방 달아오르게끔 하는 수법을 취하고 있다고 해야 할지, 뭐라 해야 할지. 색으로 말하자면 '어두운 청색' 정도의 톤이 되도록 의식하며, 캐릭터와 스토리상의 감정을 고려하며 진행해 나가는 것도 그렇지만, 이러한 작품을 만들 기회 자체가 그리 흔치 않을 것이 분명한지라 최대한 즐기고 있습니다.

뭐, 코믹스의 스토리, 『이치노세 구렌, 16세의 파멸』 시리즈의 스토리를 비롯한 모든 것의 아귀를 맞춰 나가는 것이 힘들

기는 합니다만. (웃음)

하지만 코믹스에서는 드디어 유우가 이야기의 핵심에 다가서려 하기 시작했으니 구렌의 이야기, 그리고 미카엘라의 이야기 속에서 각자가 쫓아왔던 의문이, 급격히 하나의 결실을 맺기 시작할 겁니다. 『종말의 세라프』라는 작품의 전모가 급격히 드러나기 시작할 겁니다.

소설을 읽고 계신 분들은 앞으로 이어질 코믹스의 전개에 '말도 안 돼.'라는 말을 연발하게 되실 겁니다. 요컨대 무슨 말이 하고 싶은 것이냐 하면 전부 읽어 주세요. (우~ 웃음)

아니, 그게 아니라. 앞으로도 응원해 주십시오!

카가미 타카야

종말의 세라프
Seraph of the end

그 역시,
'미카엘라'라는
운명의

흡혈귀가 된

미카가 만난 악몽.

그리고,

드디어 밝혀지는

『종말의 세라프
흡혈귀 미카엘라 이야기 3』예고

죄수—.

페리드의 과거.

차례로 드러나는

'그들'의 진실!

종말의 세라프 ~흡혈귀 미카엘라 이야기~ [2]

————

2017년 4월 7일 초판 발행

저자 카가미 타카야 | **일러스트** 야마모토 야마토 | **옮긴이** 정대식
발행인 황경태 | **편집 상무** 여영아
편집 팀장 김태헌 | **편집** 노혜림 | **미술** 김환겸 윤석민
제작 부장 김장호 | **제작** 김종훈 정은교
국제부 국장 손지연 | **국제부** 최재호 김형빈 민현진 천효은 박민희
마케팅 국장 최낙준 | **마케팅** 김관동 이경진 김성준 심동수 고정아 고혜민
발행처 (주)학산문화사 | 서울특별시 동작구 상도로 282 학산빌딩
편집부 02.828.8838(전화), 02.828.8890(팩스) | **영업부** 02.828.8961~5(전화), 02.828.8989(팩스)
홈페이지 www.haksanpub.co.kr | **등록** 1995년 7월 1일 | **등록번호** 제3-632호

————

————

ISBN 979-11-256-6996-8 04830
ISBN 979-11-256-6995-1 (세트)
값 6,800원

대 마도학원 35시험소대 9

야나기미 토키 지음 | 킷푸 일러스트 | 박소영 옮김

반격을 위해 사납게 울부짖는
학원 액션 판타지

잔존하는 마력의 위협에 대응하기 위해 '이단 심문관'을 육성하는 교육기관인 대 마도학원에는 열등생들이 모인 '제35시험소대'가 있다. 이그제의 추격을 피한 타케루 일행은 반체제파 본거지에 도착하고, 그곳에서 세계의 비밀을 목격한다. 진실을 알게 되어 '이단 심문회'와 '발할라' 모두에게 저항할 뜻을 새롭게 다진 타케루 일행에게 나가레는 한 가지 작전을 맡긴다. 그것은 앨커미스트 제1연구소 침입 작전. 타케루는 그곳에 붙잡혀 있는 키세키를 되찾아오기 위해, 또한 카나리아는 앨커미스트의 CEO인 스기나미 스자쿠에게 복수하기 위해 의지를 불태우는데….

(주)학산문화사 발행

학전도시 애스터리스크 10

미야자키 유 지음 | 오키우라 일러스트 | 주원일 옮김

'사취성무제' 드디어 종막!

클로디아 암살을 무사히 저지하고 팀 멤버들간의 유대감도 재확인되었다. 이어지는 '사취성무제' 준결승전에서 맞붙을 상대는 지에롱 제7학원의 팀 황룡. '봉황성무제'에서 싸운 리 남매, 과거 '봉황성무제' 준결승 태그 세실리와 후펑. 그리고 판싱루의 제제자인 '패군성군' 우샤오페이…. 과연 아야토와 동료들은 그들을 쓰러뜨리고 성 가라드워스 학원의 팀 랜슬롯이 기다리는 결승전에 진출할 수 있을 것인가…?! 그리고 금지편 동맹의 구성원들도 새로운 음모를 위해 독자적으로 암약하기 시작한다!

(주)학산문화사 발행